FEAR STREET GEISTERSTUNDE

DIE RACHE DER SCHATTENMONSTER

FEAR STREET GEISTERSTUNDE

DIE RACHE DER SCHATTENMONSTER

Aus dem Amerikanischen
übersetzt von Johanna Ellsworth

Loewe

Bibliografische Information Der Deutschen Bibliothek
Die Deutsche Bibliothek verzeichnet diese Publikation in der Deutschen Nationalbibliografie; detaillierte bibliografische Daten sind im Internet über *http://dnb.ddb.de* abrufbar.

Der Umwelt zuliebe ist dieses Buch
auf chlorfrei gebleichtem Papier gedruckt.

ISBN 3-7855-4650-5 – 1. Auflage 2003

Titel der Originalausgabe: Revenge of the Shadow People
Erzählt von Jahnna N. Malcolm

Aus dem Amerikanischen übersetzt von Johanna Ellsworth
Umschlagillustration: Jan Birck
Gesamtherstellung: GGP Media, Pößneck
Printed in Germany

www.loewe-verlag.de

KAPITEL 1

„*Ich sag* dir, Vinny, es war *grauenhaft*. Es hat mich um den ganzen Fear-See gejagt und dabei eine dicke, grüne Schleimspur hinterlassen. So was Ekliges habe ich noch nie gesehen."

Die Lippen meines Freundes Bobby Besley zitterten, während er mir wieder eine seiner Horrorgeschichten erzählte. Bei dieser hier ging es um das Sumpfmonster vom Fear-Street-See.

„Es war vier Meter hoch – ein riesiger Turm aus grünem Schleim", fuhr Bobby fort. „Und es hatte lauter lange, dünne Krakenarme."

Bobby streckte die Arme aus und fuchtelte in der Luft herum; dabei hätte er mir beinahe mit seinem Finger ins Auge gestochen.

„So schnell ich konnte rannte ich weg, aber das Ungeheuer packte mich mit einem seiner schleimigen Arme. Ungefähr so –"

Bobby griff nach meinem Arm, und ich zuckte erschrocken zusammen.

„Ich gab dem Monster einen kräftigen Tritt – so kräftig wie möglich. Es stieß einen furchtbaren Schrei aus. Dann verschwand es wieder im See und hat dabei die ganze Zeit vor Schmerz geheult."

„Wow!“, sagte ich und holte tief Luft. Ich hatte gar nicht gemerkt, dass ich gespannt den Atem angehalten hatte.

„Das war vor zwei Jahren“, fuhr Bobby mit gedämpfter Stimme fort. „Seitdem habe ich das Monster nie wieder gesehen. Aber es ist immer noch da unten – und lauert.“

Bobby nickte mit ernster Miene und rückte seine Baseballkappe zurecht.

Manchmal jagen Bobbys Geschichten mir echt Angst ein – so wie jetzt. Er kann jede Menge Gruselgeschichten erzählen, weil er schon viele Monster gesehen hat. Ich wohne zwar nur wenige Blocks von Bobbys Haus entfernt, aber ich habe noch nie ein Monster gesehen. Und darüber bin ich heilfroh! Keine Ahnung, was ich tun würde, wenn ich auch nur einem einzigen begegnen würde.

Bobby spart sich seine besten Storys immer für den Heimweg von der Schule auf. Deswegen gehe ich gern mit ihm nach Hause.

„Ein großes grünes Schleimmonster? Na klar“, murmelte Sharon Lipp und warf ihren langen blonden Zopf über die Schulter. Sharon geht immer mit uns zusammen nach Hause, aber sie findet Bobbys Geschichten blöd. „Er denkt doch nicht etwa, dass wir ihm den Quatsch abnehmen, oder?“, flüsterte sie mir ins Ohr.

„Ich glaube ihm“, sagte ich.

Sharon verdrehte ihre großen braunen Augen und stieß mich mit dem Ellbogen an. Sie erwischte mich zwischen den Rippen, und das tat richtig weh. Sharon ist zwar sehr dünn, aber auch sehr stark.

„Bobby, du solltest immer einen Fotoapparat bei dir haben – so wie ich.“ Sharon zeigte auf die Kamera, die sie sich um den Hals gehängt hatte. „Dann könnten wir Bilder von den Monstern sehen.“

„Hm. Ja. Das ist eine gute Idee“, sagte Bobby.

„Und was hast du dann gemacht, als das große Schleimmonster verschwunden war?“, fragte Sharon.

Bobby sah sie blinzelnd unter dem Schild seiner Kappe an. „Ich habe die Polizei angerufen und die Sache Inspektor Flynn gemeldet. Der Inspektor und ich arbeiten nämlich *so* eng zusammen.“ Er presste zwei Finger aufeinander und hielt sie demonstrativ hoch. „Ich telefoniere mindestens einmal in der Woche mit ihm.“

„Ich wette, Inspektor Flynn ist jedes Mal ganz aus dem Häuschen, wenn du anrufst“, sagte Sharon und grinste spöttisch.

Bobby schien es nicht zu merken. „Klar ist er das. Die Polizei braucht bei diesen seltsamen Fällen echt meine Hilfe.“

„Du hast mehr Gespenster und andere merkwürdige Wesen gesehen als sonst einer, den ich kenne“, sagte ich. „Macht dir das ... keine Angst?“

Er zuckte mit den Schultern. „Damit muss ich halt leben, weil ich in der Fear Street wohne.“

Schon bei der Erwähnung dieses Namens fingen meine Hände an zu schwitzen. Ich steckte sie tief in meine Hosentaschen.

„Vinny“, flüsterte Bobby, „hab ich dir schon mal erzählt, wie ich mich nach Einbruch der Dunkelheit aus Versehen in den Fear-Street-Wald verirrt habe?“

Ich schüttelte den Kopf.

„Willst du hören, was passiert ist?“, fragte Bobby leise.

Ich nickte.

Er bleckte die Zähne und hob seine Hände, als wären es Klauen. „Werwölfe!“, zischte er und machte einen Satz auf uns zu.

Sharon und ich fuhren zusammen. Sharon schwang drohend ihre Butterbrotdose. „Hör auf damit, Bobby. Das ist nicht witzig.“

„Ich hab nicht gesagt, dass es witzig ist. Niemand wagt es, über den Werwolf der Fear Street zu lachen“, sagte er mit Gruselstimme. „Also, bis später!“

Wir hatten den Park Drive erreicht – die Straße,

auf der Bobby rechts abbiegen musste, um nach Hause zu gehen – nach Hause in die Fear Street.

„Bis dann!“, rief ich ihm hinterher.

„Bobby sagt, er wüsste lauter unheimliche Dinge über Shadyside. Aber in Wirklichkeit erfindet er sie bloß“, sagte Sharon beim Weitergehen.

„Na ja, vielleicht hat er wirklich ein paar Geschichten erfunden. Aber was soll's?“, fragte ich. „Bobby ist ein guter Kumpel. Und ich mag seine Gruselgeschichten.“ Ich warf einen Blick über meine Schulter auf die Fear Street und schauderte.

„Er erfindet *alle* Geschichten“, beharrte Sharon. „Ein aufmerksamer Zuhörer merkt, wenn jemand lügt. Und außerdem passieren solche Horrorgeschichten einfach nicht.“

Da wusste ich noch nicht, wie sehr Sharon sich irrte.

Doch wir würden es sehr bald herausfinden.

KAPITEL 2

Sharon und ich rannten über den Rasen vor meinem Haus und ließen unsere Rucksäcke auf den Boden im Flur fallen. Sharons Eltern sind beide berufstätig, deswegen kommt sie immer nach der Schule zu mir nach Hause.

Sie stellte ihre Butterbrotdose auf ihren Rucksack, doch den Fotoapparat nahm sie nicht ab.

Sharon hat den Apparat vor zwei Monaten zu ihrem zwölften Geburtstag bekommen. Er ist ein Geschenk ihrer Großeltern. Seitdem baumelt er jeden Tag an ihrem Hals. „Eine gute Fotografin hat ihre Kamera immer dabei“, sagt sie.

„Hi, Mum! Hallo, Dad!“, rief ich. Meine Eltern sind beide Architekten und arbeiten zu Hause. Ihr Arbeitszimmer ist im Keller, doch in letzter Zeit verbringen sie kaum mehr Zeit dort unten. Ihre ganze Aufmerksamkeit wird von etwas anderem in Anspruch genommen. Als Sharon und ich ins Wohnzimmer kamen, drehten sie sich noch nicht einmal um.

„Ga-ga-ga“, plapperten sie und starrten dabei entzückt das neue Starmitglied unserer Familie an – das achtzehn Monate alte Baby Joey.

Sharon sagt, Joey würde wie eine Miniausgabe

von mir aussehen, und das lässt mich fast ausflippen. Wir haben zwar beide schwarzes Haar und blaue Augen, aber Joey ist ziemlich fett. Ich würde mich dagegen eher als muskulös bezeichnen.

Sharon bemühte sich, die Aufmerksamkeit meiner Eltern zu erringen. „Hallo, Mr und Mrs Salvo!"

Keine Antwort. Noch nicht einmal ein Winken.

„Vergiss es", murmelte ich. Ich nahm zwei Äpfel aus der Schale auf dem Esstisch und warf Sharon einen zu. „Man bräuchte eine Atombombe, um die beiden von Joey abzulenken."

Ich streckte meinen Eltern die Zunge heraus. Es war mir ein echtes Bedürfnis.

Joey starrte mich über Dads Schulter aus großen blauen Augen an. Er sah meine Grimasse und gluckste.

„Hey, hast du das gehört?", rief Dad erfreut. „Joey hat gelacht!"

„No-na", sagte Joey. In der Babysprache bedeutet das „nochmal".

„No-na", wiederholte er und zeigte auf mich.

Endlich drehten meine Eltern sich um und sahen uns.

„Ach, Vinny, da bist du ja", sagte Mum. „Und Sharon auch."

Ich verdrehte die Augen. „Ja, wir sind gerade gekommen."

Mein Vater sagte noch nicht mal hallo. Er fragte mich auch nicht, wie es in der Schule gewesen war, sondern sagte bloß: „Vinny, sieh dir Joeys neuesten Trick an.“ Er stellte meinen Bruder neben seiner Krabbelkiste auf den Boden. „Okay, Joey, zeig Vinny, wie du ein Bär bist.“

Joey beugte sich vor, stützte beide Hände auf den Boden und machte ein gurgelndes Geräusch. Meine Eltern kippten vor Lachen fast um. Sie umarmten meinen kleinen Bruder, danach umarmten sie einander.

Am liebsten hätte ich gekotzt.

„Hör zu, Dad, ich muss dich wegen meinem Fußballspiel am Samstag was fragen. Der Trainer will, dass ich den Libero mache, und ich bin –“

„Sadden!“, krähte Joey plötzlich. „Sadden!“

„Sei ruhig, Joey“, sagte ich.

Sofort hörte mein Vater auf zu lächeln. „Vincent, so darfst du mit deinem Bruder nicht reden. Er versucht, mit dir zu kommunizieren.“

Ich stieß einen langen Seufzer aus. „Ja, mir geht es gut, danke, Joey.“

„Du weißt doch, dass er Schatten meint, Vinny. Sei kein Spielverderber, und mach die Schattenfigur, die Joey so gern hat“, befahl Dad.

Als ich noch klein war, warf ich furchtbar gern Schattenfiguren an die Wand. Ich konnte gar nicht mehr damit aufhören und machte es überall – in der Schule, zu Hause, beim Zahnarzt, überall.

Mein Lieblingsschatten – und mein bester – war ein Schattenesel. Jetzt, mit zwölf, kann ich mit Schattenfiguren nichts mehr anfangen. Und nicht nur das: Ich finde sie ziemlich uncool.

Aber Joey liebt meinen Schattenesel, und deshalb muss ich jetzt, wann immer Joey danach verlangt, Schatten machen – ob ich will oder nicht.

„Sharon und ich müssen Hausaufgaben machen“, murmelte ich mit zusammengebissenen Zähnen.

„Mach erst den Schattenesel“, sagte Dad streng. „Joey mag ihn so.“

„Bittebitte!“, schrie Joey. Er sah mich mit großen Augen an. Ein Spuckefaden tropfte von seiner Unterlippe auf den blauen Frotteeanzug.

„Okay, okay.“ Seufzend ging ich zu der Messinglampe, die hinter Dads Fernsehsessel steht, und richtete das Licht auf die Wand. Dann verschränkte ich die Hände und hielt sie gegen den Lichtstrahl.

Da war er – auf der Wand. Wie immer hatte ich einen perfekten Schattenesel geformt.

„Esel!“, quietschte Joey und klatschte in die Hände. Er klatschte so heftig, dass er nach hinten kippte. Alle lachten. Sogar ich konnte es mir nicht verkneifen.

„No-na!“, krähte Joey.

Wieder kreuzte ich die Hände und wackelte mit den Fingern, die die Ohren bildeten. Wieder passierte das Gleiche: Joey klatschte, kippte nach hinten, und wir lachten.

„O je, das Hähnchen kocht schon, und ich habe das Gemüse vergessen!“, rief Mum plötzlich. „James, komm mit und hilf mir.“

„Du bleibst hier bei deinem großen Bruder und bei Sharon, während Mummy und ich das Essen machen“, sagte mein Vater zu Joey. „Vinny macht noch mehr Schatten für dich.“

„Aber, Dad –“, fing ich an zu protestieren.

Meine Eltern verschwanden in der Küche.

„Komm, wir nehmen ihn mit nach oben, dann kannst du mir deinen neuen Computer zeigen“, schlug Sharon vor.

Sharon und ich trugen Joey die Treppe hinauf in mein Zimmer. Sobald ich ihn auf dem Bett absetzte, schrie er: „Sadden! Sadden!“

„Sag mal, gibst du denn niemals auf?“, fragte ich und seufzte genervt.

Joey klatschte in die Hände und kicherte.

„Ich lasse den Rollladen herunter, und dann machst du einen Schatten für ihn“, sagte Sharon. „Die besten Schattenfiguren entstehen, wenn man nur eine Lichtquelle hat.“

Sharon sagt dauernd solches Zeug – so als wüsste sie alles. Manche Kids in der Schule finden das ätzend, aber ich finde es irgendwie witzig.

Sie ließ den Rollladen herunter, und ich knipste die rote Leselampe neben meinem Bett an. Ich drehte sie so, dass der Lichtschein auf die Wand über meinem Kopfteil fiel. Und dann zog ich mit dem Schattenesel eine richtige Show ab.

„I-aaah!“, fügte ich als Beigabe hinzu und wackelte mit den Eselsohren.

Joey quietschte vor Begeisterung.

„Okay. Das war der Letzte.“ Ich ließ meine Hände sinken und steckte sie in die Taschen.

Joeys Blick war noch immer auf die Wand hinter meinem Bett gerichtet.

Auch Sharon starrte auf die Stelle.

„Wow“, flüsterte sie. Ihre Augen weiteten sich. „Echt cool!“

Ich drehte mich zur Wand. Im selben Augenblick stockte mir der Atem.

Meine Hände waren zwar in den Hosentaschen – doch mein Schattenesel war noch an der Wand!

Kapitel 3

„Wow!“ Ich starrte auf meine Hände und dann wieder auf die Wand. Der Schattenesel schwebte noch immer dort. „Wie hab ich das bloß hingekriegt?“

„Irgendwas anderes im Zimmer verursacht den Schatten“, sagte Sharon.

„Das muss es sein“, stimmte ich ihr zu. Langsam drehte ich mich im Kreis und sah mich suchend nach einem Möbelstück oder einer Jacke auf einem Stuhl um – irgendwas, das einen Schattenesel an die Wand werfen konnte. „Ich kann nichts entdecken. Siehst du was?“

„Nein“, antwortete Sharon und drehte sich um. „Ich sehe auch nichts.“

Wir starrten einander an und schauten dann wieder auf die Wand.

Der Schatten war immer noch da.

Das war das Seltsamste und Coolste, was ich jemals gesehen hatte.

Und dann zuckten plötzlich die Ohren des Esels. Zumindest glaubte ich das. Ich starrte die Wand an, doch der Schatten rührte sich nicht mehr.

„Komm, wir zeigen ihn deinen Eltern. Die sind doch Architekten und kennen sich mit Winkeln und solchen Dingen aus. Wahrscheinlich hat es was damit zu tun, in welchem Winkel das Licht auf die Wand fällt." Sharon ging zur Tür.

„Komm, Joey." Ich hob meinen Bruder vom Bett. „Wir gehen zu Mum und Dad. Ich wette, Sharon hat Recht. Mum und Dad können bestimmt rauskriegen, was das ist."

Sharon und ich rannten die Stufen hinunter. Meine Eltern hatten uns schon gehört und warteten am unteren Treppenabsatz auf uns.

„Was ist los?", rief Mum und nahm mir meinen kleinen Bruder ab. „Ist mit Joey alles in Ordnung?"

„Joey ist okay", sagte ich. „Aber die Wand in meinem Zimmer ..."

„Was ist damit?", fragte Dad.

„Na ja, mit der Wand eigentlich nichts. Aber ich habe für Joey einen Schattenesel gemacht – und der ist immer noch da – an der Wand." Ich packte Dad am Arm und zog ihn die Treppe hinauf. „Das musst du dir ansehen!"

„Es ist wirklich unglaublich", sagte Sharon, die uns folgte. „Natürlich gibt es irgendeine wissenschaftliche Erklärung dafür. Nicht wahr, Mr Salvo?"

„Hmmm", murmelte Dad. „Lasst uns mal sehen."

Mum kam mit Joey auf dem Arm nach. Wir drängten uns alle in mein Zimmer.

„Seht ihr? Er ist ...“

Mir blieben die Worte im Hals stecken.

Der Schatten war verschwunden.

„Dad, vorhin war er noch da! Ehrlich! Frag Sharon.“

„Er war wirklich da, Mr Salvo“, gab Sharon mir Rückendeckung. „Ich habe ihn gesehen – Joey auch.“

„Ich glaube dir“, sagte Dad. „Ich glaube euch beiden. Ich habe solche Schatten auch schon mal gesehen.“

„Wirklich? Wo denn?“, fragte ich.

„In einem Museum. In einer Ausstellung mit speziellen Lichteffekten“, erklärte er. „Sie haben dort die Schatten auch an die Wand geworfen. Auch wenn man schon längst weitergegangen war, blieb der Schatten sichtbar. So etwas Ähnliches muss hier auch passiert sein.“

Mein Vater ging in meinem Zimmer umher und untersuchte es gründlich. Wir sahen ihm dabei zu. Er drehte meine Nachttischlampe hin und her und schaltete sie aus und wieder ein. „Nein. Dieses Licht kann das nicht verursacht haben. Das ist bloß eine gewöhnliche Glühbirne.“

„Da-da! Gehen!“, jammerte Joey und streckte die Ärmchen nach meinem Vater aus.

„Was hast du denn, Joey?“, gurrte Dad. „Hat der

böse große Schatten dir Angst eingejagt? Aber du bist doch schon ein großer Junge. Zu groß, um Angst vor einem Schatten zu haben." Er nahm meiner Mutter Joey ab und verließ mein Zimmer.

Sharon schaute durch den Sucher ihrer Kamera auf die Wand. „Hätte ich doch nur ein Bild von dem Schatten gemacht. Eine gute Fotografin muss immer an so etwas denken."

Mum lächelte. „Das Essen ist gleich fertig, Vin." Sie folgte Dad nach unten.

Kurz darauf ging Sharon nach Hause, und meine Mutter rief mich zum Abendessen.

Ich war schon auf der Treppe, als ich mich noch einmal umdrehte und in mein Zimmer zurückging.

Ich wollte versuchen, noch einen Schatten zu machen. Ich musste einfach sehen, ob dasselbe ein zweites Mal passieren würde.

Die Nachttischlampe brannte noch.

Ich hielt meine Hände ins Licht.

Dann verschränkte ich die Finger miteinander und formte meinen Schattenesel.

Ich starrte auf die Wand und hielt meine Hände eine ganze Minute ins Licht.

Dann hielt ich den Atem an und zog sie langsam weg.

Kapitel 4

Nichts.

Die Wand war leer.

Kein Schattenesel.

„Schade", dachte ich. „Es wäre echt cool, wenn die Schattenfiguren immer an der Wand bleiben würden."

Ich ging die Treppe hinunter zum Essen.

Die Zeit zwischen dem Nachtisch und dem Schlafengehen war meine Lieblingszeit – denn Baby Joey wurde jeden Abend um sieben ins Bett gesteckt. Danach musste ich mir bis zum nächsten Morgen kein Ga-ga-Geplapper mehr anhören.

Ich machte meine Hausaufgaben und sah fern. Dann ging ich ins Bett. Während ich mich unter die Bettdecke kuschelte, schaute ich an die Decke. Viele Leuchtsterne schimmerten dort in der Dunkelheit. Dad und ich hatten sie vor zwei Jahren zusammen aufgeklebt, damit ich die Sternkonstellationen lernen konnte. Natürlich war das „v.J.G." – vor Joeys Geburt.

Ich starrte hinauf zum Orion, dem Sternenbild direkt über meinem Kopf, als ich plötzlich einen formlosen, dunklen Schatten bemerkte, der auf einige der Sterne fiel.

„Ich kann mich nicht daran erinnern, diesen Umriss schon einmal an meiner Zimmerdecke gesehen zu haben“, dachte ich.

Manchmal wirft das Licht der Straßenlampe vor meinem Fenster nachts Schatten in mein Zimmer. Doch gewöhnlich fallen sie auf die Wand. Nur manchmal huscht ein Schatten über die Decke, wenn ein Auto vorbeifährt.

Ich stützte mich auf die Ellbogen und sah mich im Zimmer um. Ein Haufen zerknitterter Klamotten lag auf dem Stuhl vor dem Fenster. Ich starrte an die Decke – und dann wieder auf die Kleiderstücke.

„Das ist es“, dachte ich. „Die Klamotten werfen den Schatten.“

Ich stand auf, ging zum Stuhl und schlug mit der Faust auf den Kleiderhaufen, bis er ganz flach war.

Dann warf ich wieder einen Blick auf die Zimmerdecke.

Der Schatten hatte sich nicht verändert.

„Hmm. Was könnte denn sonst noch den Schatten verursachen?“

Ich drehte mich um und entdeckte Slugger den Gorilla und Leonard den Löwen – zwei von Joeys Stofftieren – auf meiner Kommode.

Ich warf sie auf den Boden.

Dann sah ich an die Decke.

Der Schatten war immer noch da.

Mein Magen krampfte sich zusammen.

„Es ist doch bloß ein Schatten", sagte ich mir. Nichts, wovor ich Angst zu haben brauchte. Doch als ich wieder ins Bett stieg, vermied ich es, die Zimmerdecke anzusehen.

Ich schüttelte mein Kissen auf, legte mich hin und deckte mich zu. Aber irgendwas in meinem Blickfeld bewegte sich.

Irgendetwas zitterte an der Zimmerdecke.

Rasch blickte ich hoch – und fuhr erschrocken zusammen.

Der Schatten wurde immer größer.

Ich zog die Bettdecke bis unters Kinn und beobachtete, wie der dunkle Umriss sich langsam über die Sterne ausbreitete.

„Dafür gibt es eine logische Erklärung", versuchte ich mich zu beruhigen. „Das *muss* es einfach."

Ich starrte auf den Schatten, während er wuchs und sich veränderte. Zuerst schien sich ein Kopf zu bilden.

Dann dehnte sich der Schatten weiter aus – und formte zwei Hörner. Ja, es waren eindeutig Hörner. Ein Kopf mit Hörnern!

Mein Herz fing an, wie wild zu hämmern.

„Schatten können so etwas nicht! Sie können sich nicht beliebig verändern!"

Ich schluckte schwer.

Der Schatten bewegte sich über die Decke. Die Hörner verschwanden, und der Schatten nahm einen neuen Umriss an, der nach nichts Bestimmtem aussah.

Dann sah ich ein Auge. Und ein Maul.

Ein riesiges Maul mit spitzen Zähnen.

Ich konnte jeden einzelnen scharfen Zahn genau erkennen.

Dann waren plötzlich die Hörner wieder da – geschwungene Hörner, die aus dem Schattenkopf herauswuchsen.

Voller Horror sah ich zu, wie die Hörner an der Zimmerdecke entlangkrochen. Wie das furchtbare Maul auf und zu schnappte.

„Es gibt keine logische Erklärung dafür. Ich muss Mum und Dad holen!“

Ich setzte mich im Bett auf und schlug die Decke zurück.

Als ich einen Fuß auf den Boden stellte, glitt etwas Langes, Schwarzes von der Zimmerdecke herunter.

Es war eine Klaue.

Eine Schattenklaue.

Sie huschte über mein Bett und packte mich an der Kehle.

Kapitel 5

Ich machte den Mund auf, um zu schreien. Doch ich kam nicht dazu. Plötzlich war mein Zimmer in grelles Licht getaucht, das mich blendete.

„Vinny, bist du noch wach?“, hörte ich Mums Stimme, als sie die Deckenlampe anschaltete.

Hastig tastete ich meine Kehle ab.

Nichts.

Ich warf einen Blick an die Zimmerdecke und blinzelte angestrengt. Langsam gewöhnten sich meine Augen an das grelle Licht. Die Sterne an meiner Zimmerdecke tauchten wieder auf. Die Sterne und – sonst nichts.

Die Schattenklaue war verschwunden.

„Ist mit dir alles okay?“ Mum kam zu mir ans Bett. Sie trug ihren warmen rosa Morgenmantel und ihre Plüschpantoffeln. Ihre Miene wirkte beunruhigt.

„Du bist so blass“, sagte sie und runzelte besorgt die Stirn. „Fühlst du dich nicht gut?“

„Ich – mir geht es gut“, stammelte ich.

Sie legte mir die Hand auf den Kopf. „Du bist ja ganz verschwitzt. Glaubst du, du hast erhöhte Temperatur?“

Ich schüttelte den Kopf. „Nein, nein, es ist alles in Ordnung, ehrlich. Ich bin nicht krank."

„Ich glaube auch nicht, dass du Fieber hast", stimmte Mum mir zu.

Nervös sah ich mich im Zimmer um und suchte nach der Schattenklaue, aber ich konnte sie nirgendwo entdecken.

Mein Zimmer sah aus wie immer. Auf dem Stuhl unter dem Fenster lagen die Klamotten, daneben auf dem Boden Slugger der Gorilla und Leonard der Löwe. Mein Poster von Michael Jordan hing immer noch an der Wand über meinem Schreibtisch.

Alles wirkte ganz normal.

Ich atmete tief durch.

„Hast du einen Albtraum gehabt?", fragte meine Mutter. Sie hielt mein Kinn hoch und starrte in mein Gesicht.

„Mhm." Ich nickte. Was hätte ich sonst sagen sollen? Dass eine große Klaue, so schwarz und platt wie ein Schatten, aber gleichzeitig so scharf wie ein Rasiermesser, mich an der Kehle gepackt hatte – und dann verschwunden war? Wer würde mir das schon abnehmen?

„Versuch am besten, nicht daran zu denken", sagte Mum und deckte mich wieder zu.

Dann setzte sie sich auf den Bettrand. „Ich wollte

fragen, ob es dir was ausmacht, am Freitagabend auf Joey aufzupassen?“

Ich zwang mich zu einem dünnen Lächeln. „Äh, nein, überhaupt nicht. Kein Problem.“

„Gut.“ Meine Mutter strich mir über den Kopf. „Dad und ich wollen mal wieder ausgehen. Essen und ins Kino, so wie früher ‚v.d.K.‘ – vor den Kindern.“

„Klingt toll.“ Ich konzentrierte mich auf mein Lächeln.

Mum lächelte auch; dann stand sie auf und ging zur Tür. „Schlaf gut“, sagte sie und schaltete das Licht aus.

Ich sah ihr hinterher und hörte, wie sie leise die Tür zumachte.

Sofort wurde es dunkel im Zimmer.

Ich schluckte und warf einen Blick an die Decke.

Dieselbe Zimmerdecke, die ich jeden Abend sehe. Ohne Schatten.

Aber warum hatte ich das Gefühl, als würde jemand – oder etwas – mich beobachten?

Hastig griff ich unter mein Bett und holte meine Taschenlampe hervor. Ich verstecke sie dort unten, damit ich unter der Bettdecke lesen konnte.

Ich knipste die Taschenlampe an. Der Lichtstrahl fiel auf die Zimmerdecke, dann auf meine Kommode und meinen Schrank.

Es war nichts Ungewöhnliches zu sehen. Trotzdem hatte ich das unheimliche Gefühl, als würde mich ein Augenpaar verfolgen.

Ich machte die Taschenlampe aus, schaltete sie aber sofort wieder ein.

Während ich sie fest an die Brust gedrückt hielt, setzte ich mich im Bett auf. Dann rutschte ich nach hinten, bis ich mit angewinkelten Knien und den Rücken gegen das Kopfteil gelehnt dasaß. Den Strahl der Taschenlampe richtete ich geradeaus.

Die Uhr auf meiner Kommode zeigte Mitternacht an. Ich war müde, aber ich konnte die Augen nicht zumachen. Ich konnte nicht aufhören, an die große schwarze Klaue zu denken, die sich nach meiner Kehle ausstreckte. Und jetzt, als ich ganz allein war, schien sie noch realer als vorher. Schaudernd zog ich die Decke bis unters Kinn.

Dann schaute ich hinauf an die Zimmerdecke.

Der Kopf, die Hörner, das Maul, das auf und zu klappte, der Körper, der sich an meiner Decke gebildet hatte – alles das hatte ich gesehen. Es gab keinen Zweifel. Das Monster an meiner Decke war wirklich da gewesen.

Und ich wusste, dass es noch in der Nähe war. Es steckte irgendwo.

Und außerdem wusste ich noch etwas.

Ich wusste, dass es hinter mir her war.

Kapitel 6

Der Klingelton drang direkt in mein Hirn. Ich schnellte mit dem Oberkörper hoch, verlor das Gleichgewicht und knallte mit dem Kopf gegen die Wand.

Mit einer Hand rieb ich die Beule, und mit der anderen stellte ich den Wecker ab. Dann ließ ich mich wieder aufs Kopfkissen fallen.

„Autsch!“

Ich war mit dem Kopf gegen die Taschenlampe geschlagen. Jetzt taten mir beide Seiten weh.

Was für ein Tag – dabei war ich noch nicht einmal aufgestanden.

Ich legte die Taschenlampe auf meinen Nachttisch und versuchte, mich daran zu erinnern, warum ich auf ihr geschlafen hatte.

Der Schatten!

Sofort richtete ich den Blick auf die Zimmerdecke. Sonnenstrahlen strömten durch das Fenster und beleuchteten die Sternkonstellationen.

Kein Schatten weit und breit.

Ich seufzte vor Erleichterung. Dann sah ich auf die Uhr und stöhnte. Ich hatte in der vergangenen Nacht kaum geschlafen.

Also quälte ich mich aus dem Bett und wankte ins

Bad. Ich war so müde, dass ich es kaum schaffte, meine Beine in die Jeans zu stecken. Es kostete mich meine ganze Kraft, das T-Shirt und den Pullover über den Kopf zu ziehen. Unten in der Küche schluckte ich ein paar Löffel Cornflakes herunter und machte mich auf zur Schule.

Als die Morgenglocke läutete, saß ich an meinem Platz und stützte den Kopf in die Hand. Mr Ridgely schlurfte ins Klassenzimmer und stellte sich vorne hin.

„Guten Morgen“, begrüßte er uns mit seiner dröhnenden Stimme. „Zuerst gehen wir die Hausaufgaben von gestern durch.“

Ich klappte mein Buch auf und starrte auf die Seite. Aber sosehr ich mich auch bemühte, mich auf die Wörter zu konzentrieren, sie verschwammen vor meinen Augen.

Meine Augenlider fielen zu, und mein Kopf wurde bleischwer.

Klatsch!

Ruckartig kam ich wieder hoch. Mein Herz hämmerte vor Schreck in der Brust.

Dann sah ich, wie Bobby sich zwei Reihen vor mir bückte, um sein Buch aufzuheben. „Tut mir Leid“, murmelte er.

Ich dachte, Bobbys Warnung würde mich eine Weile wachhalten, doch sie schaffte es nicht. Meine Lider fühlten sich an wie Zehn-Kilo-Gewichte. Ich konnte sie einfach nicht auflassen.

Immer wenn mir die Augen zufielen, versuchte ich mich zu zwicken. Das funktionierte aber nur für ungefähr eine Sekunde.

Schließlich setzte ich mich kerzengerade auf meinen Stuhl. Ich spürte, wie mir Speichel von der Wange herunterlief.

Und dass etwas Weiches an meinem Kopf abprallte.

Wie vom Blitz getroffen schoss ich hoch und blinzelte angestrengt ins Licht. Alle lachten.

Da sah ich den Schwamm, der neben mir auf dem Boden lag.

Mr Ridgely stand mit verschränkten Armen vor der Klasse und stierte mich an. „Tut mir Leid, dass ich dich geweckt habe, Vinny. Hast du gut geschlafen?"

Ich machte den Mund auf, um zu antworten – und musste gähnen. Das brachte die anderen noch mehr zum Lachen.

„Wissen Sie die Antwort, Mr Salvo?", fragte Mr Ridgely formell.

Es wurde still im Klassenzimmer. „Die Antwort?" Ich grinste schief. Ich wusste noch nicht einmal, was die Frage gewesen war.

In meiner Not warf ich einen Blick auf die Tafel.

Dort standen lauter Zahlen. Wir hatten Mathematik.

Ratlos sah ich Bobby an, aber er zuckte nur mit den Schultern.

Ich war geliefert.

„Vinny, ich warte immer noch auf die Antwort", sagte Ridgely spöttisch. „Die ganze Klasse wartet. Wie lautet die Lösung?"

Ich schluckte.

„Vier?", fragte ich unsicher.

Das hämische Grinsen verschwand aus Mr Ridgelys Gesicht. „Das ist richtig, Mr Salvo. Ich dachte schon, du hättest nicht aufgepasst."

Wow! Gut geraten.

Als Mr Ridgely sich wieder der Tafel zuwandte, warf ich Bobby einen Blick zu. Er wischte sich mit der Hand über die Stirn und formte mit seinen Lippen die Frage: „Wie hast du das erraten?"

Ich wusste selber nicht, wie ich das geschafft hatte – aber ich wusste, dass die Glückssträhne nicht anhalten konnte. Das hielt mich für den Rest des Vormittags wach.

Eine Stunde später dröhnte eine Stimme durch den Lautsprecher. Es war unser Rektor Mr Emerson.

„Achtung, an alle Lehrer und Schüler! Wir versammeln uns nun in der Aula, um die Preise für unseren Kunstwettbewerb zu verleihen!"

„Bitte stellt euch in Zweierreihen auf, Leute", ordnete Mr Ridgely an.

Die Klasse bildete zwei Reihen und marschierte gemeinsam den Flur entlang.

Als ich die Aula betrat, tippte Sharon mir auf den Arm. Ich erkannte sie kaum wieder.

„Was machst du denn in einem Kleid?", fragte ich sie. Sharon trägt sonst immer Hosen und eine Weste mit Taschen. Sie behauptet, darin würde sie wie eine professionelle Fotografin aussehen.

„Für die Verleihung der Kunstpreise", antwortete sie und zupfte den Saum ihres Kleides zurecht. „Ich will gut aussehen."

„Ach so", sagte ich und gähnte. Sharon plapperte ununterbrochen von den Preisen. Ich nickte schläfrig. Ihre Stimme wurde immer leiser ...

„Halloooo, Vinny, bist du noch da? *Hey, Vin! Wach auf!*" Ich fuhr zusammen und öffnete die Augen. Sharons Nasenspitze war ungefähr einen Zentimeter von meinem Gesicht entfernt.

„Oh. Tut mir Leid. Was hast du gesagt?", fragte ich.

„Was ist denn heute mit dir los? Du wirkst, als wärst du von einem anderen Stern." Sharon schaute mich fragend an.

„Ich habe kaum geschlafen, okay?", knurrte ich.

Sie zuckte mit den Schultern und wischte sich

eine Haarsträhne aus dem Gesicht. „Gut, okay. Aber deswegen brauchst du mich noch lange nicht so anzufahren."

„Entschuldigung", rief Emily Nicholson, die mit einer Gruppe von Schülern hinter uns stand. „Ihr blockiert den Eingang."

Sharon zog eine Grimasse. Dann packte sie mich am Arm und zog mich in die Aula. „Wir müssen vorne einen Platz bekommen."

Sie zerrte mich den Gang entlang, vorbei an Reihen alter Ledersitze. „Ich will nahe an der Bühne sitzen. Sicher wird mein Projekt einen Preis kriegen."

Ich war zwar schläfrig, aber *so* schläfrig war ich auch wieder nicht. Wie vom Blitz getroffen blieb ich stehen. „*Dein* Projekt?", stieß ich aus. „Seit wann ist es *dein* Projekt?"

„Schon immer", sagte Sharon nüchtern. „Schließlich bin ich auf die Idee gekommen, eine Fotocollage zu machen. *Ich* war diejenige, der das Thema eingefallen ist – ‚der Müll der Nachbarn' – und die sämtliche Fotos gemacht hat. *Ich* habe sie in meiner Dunkelkammer entwickelt –"

„Ach, *ich* habe also keinen Finger gerührt?", warf ich ein.

„*Du* hast sie bloß auf einen Karton geklebt und das Bild gerahmt." Sharon versuchte, mich auf einen Sitz zu zerren.

Erbost funkelte ich sie an. Ich würde auf keinen Fall nachgeben.

„Also gut“, sagte sie schließlich. „Ich meine, *wir* werden gewinnen. Okay?“

Ich warf ihr einen Blick zu, der aussagte, das sei schon besser, und wir setzten uns.

Mr Emerson kam auf die Bühne und hustete ein paarmal ins Mikro. Dann begann er eine seiner langen, öden Ansprachen. Ich schloss die Augen und nickte ein.

„... und ich gratuliere allen Schülern, die an unserem Wettbewerb teilgenommen haben. Alle haben ihre Sache großartig gemacht!“

Mr Emerson war fertig, und das Publikum fing an zu klatschen. Sharon stieß mich mit dem Ellbogen an. Ich klatschte mit.

Dann betrat unsere Kunstlehrerin Mrs Young die Bühne, um die Preise zu verteilen. Die Schüler, deren Namen sie aufrief, marschierten auf die Bühne. Mrs Young gab jedem von ihnen eine Medaille und eine Urkunde, und dann schüttelte Mr Emerson den Gewinnern die Hand. Danach stellten sie sich hinter ihm in einer Reihe auf. Es war eine umwerfende Show.

„In der Kategorie ‚Kunstfotografie‘ geht der Preis an Sharon Lipp und Vinny Salvo“, verkündete Mrs Young.

Sharon sprang vom Sitz auf und streckte triumphierend ihre Faust in die Höhe. „Ja!"

Sie zupfte an ihrem Kleid und stieg die Stufen zur Bühne hinauf. Ich folgte ihr, stolperte jedoch über die letzte Stufe und stieß gegen Mr Emerson.

„Oha", sagte der und hielt mich am Pullover fest, damit ich nicht von der Bühne fiel.

Die ganze Aula schüttelte sich vor Lachen.

Mein Gesicht fühlte sich heiß an – ich spürte, dass ich rot wurde. Mit gesenktem Kopf folgte ich Sharon, die zum Podium ging.

„Ich dachte, wir würden wenigstens eine Trophäe bekommen", murrte sie leise. Wir stellten uns am Ende der Reihe auf. „Ich habe so viel dafür getan."

Noch bevor ich protestieren konnte, weil sie meinen Anteil am Projekt wieder einmal vergessen zu haben schien, sagte Mr Emerson: „Bitte alle lächeln!"

Unser Schulfotograf Dustin Crowley trat vor, um ein Bild von uns für die Schulzeitung zu machen.

Dustin hob seine Kamera hoch. „O je", murmelte er. „Ich habe vergessen, einen Film einzulegen. Bleibt alle so stehen, ich bin gleich wieder da." Er rannte aus der Aula.

Vor Müdigkeit ließ ich meinen Kopf hängen.

Schon wollten mir meine Augen zufallen – da zuckte ich zusammen.

Hier stimmte etwas nicht.

Ganz und gar nicht.

Ich sah Schatten auf dem Boden – sechs Schatten.

Doch es standen nur fünf Sieger auf der Bühne.

Wieder zählte ich die Schatten.

Es waren definitiv sechs.

Mit klopfendem Herzen starrte ich auf den sechsten Schatten. Auf den Schatten, der zu keinem der Anwesenden gehörte.

Ich sah, wie er sich bewegte – er formte einen Umriss, der nicht wie ein Schüler aussah.

Ich zwang mich wegzusehen und spähte in den Zuschauerraum.

Doch schon bald wanderte mein Blick wieder wie magisch angezogen zum Boden.

Ich schluckte – in der Zwischenzeit hatten zwei geschwungene Hörner Form angenommen. Nun folgten spitze Zähne in einer Krokodilschnauze und große runde Augen.

Ein dünner Körper bildete sich heraus. Er hatte lange Beine. Und Arme, die in scharfen Klauen endeten!

Ich machte einen Satz nach hinten.

Der Schatten fing an, über die Bühne zu gleiten – direkt auf mich zu.

Kapitel 7

Ich hielt den Atem an und beobachtete, wie sich das Schattenmonster an den Siegern des Wettbewerbs vorbeibewegte.

Es hielt mitten auf der Linie an – vor Lindsay Holman.

„Bleib da stehen – bitte“, flüsterte ich. „Bleib da.“

Der Umriss des Schattens zitterte ein wenig, dann bewegte er sich weiter.

Ich wischte meine feuchten Hände an meiner Jeans ab.

„Was für eine Kreatur ist das? Ist es wirklich ein Monster? Ist es gefährlich? Warum verfolgt es mich?“ Hunderte von Fragen schwirrten in meinem Kopf herum. Doch eine tauchte immer wieder auf: „Was wird es als Nächstes tun?“

Meine Kehle war wie zugeschnürt. Die Kreatur glitt entlang der Linie auf mich zu. Dabei klappte sie ihr unheimliches Maul auf und zu.

„Vinny! Kopf hoch!“ Dustin war wieder aufgetaucht. „Okay, vergesst nicht zu lächeln!“, sagte er, während er den Film in seinen Fotoapparat einlegte.

Ich sah die anderen Schüler an, die in der Reihe standen. Keiner von ihnen schien die Schattenkreatur auf dem Boden zu bemerken. Sie neckten einander und lachten.

Der Schatten kroch immer näher. Jetzt war er schon bei Sharon.

Ich versuchte wegzurennen, doch meine Beine gehorchten mir nicht. Wie erstarrt blieb ich stehen – während die Kralle sich über den Boden nach mir ausstreckte.

Jetzt berührte sie die Spitze meines Turnschuhs. Etwas Eiskaltes schoss durch meine Adern. Mein ganzer Körper zitterte vor Kälte.

Die Kralle tastete meine Turnschuhe ab und wanderte meine Wade hinauf. „Mein Bein ist ganz taub! Ich kann mein Bein nicht mehr spüren!“, schrie ich.

Mein Aufschrei wurde vom Mikrofon aufgefangen und hallte durch die ganze Aula. Alle starrten mich an.

Es war mir egal.

Ich rannte vor zum Bühnenrand und sprang hinunter. In diesem Moment leuchtete Dustins Blitzlicht auf und blendete mich für eine Sekunde. Ich landete auf den Schülern in der ersten Reihe. Schreiend sprangen sie von ihren Sitzen.

An allen Schülern vorbei lief ich zum Ausgang. Dabei zog ich mein taubes Bein hinter mir her. Ich warf einen Blick über meine Schulter, um zu sehen, ob der Schatten mich verfolgte. Doch ich konnte nicht erkennen, wo er jetzt war.

Mit einem lauten Knall riss ich die Tür der Aula auf.

Dann rannte ich auf die Doppeltür am anderen Ende der Eingangshalle zu. Hinter mir rief jemand irgendetwas, aber ich blieb nicht stehen.

Ich stürzte zur Tür hinaus – und prallte gegen Mrs Grindly, unsere Schulkrankenschwester.

„Langsam, langsam!“, sagte sie sanft und packte mich an beiden Schultern.

„Das Monster!“, schrie ich. „Es ist hinter mir her! Lassen Sie mich los!“

„Wo ist es?“, fragte sie ruhig. „Wo ist das Monster?“

„Es ist – es ist ...“ Ich drehte mich um, um es ihr zu zeigen. Doch das Monster war nirgendwo zu sehen.

Mrs Grindly lächelte mich an. „Siehst du?“, meinte sie beruhigend. „Hier ist kein Monster. Es ist nur in deiner Fantasie.“

„Aber ich habe es gesehen!“, beharrte ich. „In der Aula!“

„Ich bin sicher, dass du es gesehen hast“, sagte Mrs Grindly und tätschelte meinen Kopf. „Komm mal mit in mein Büro. Dort kannst du mir alles erzählen.“

Kapitel 8

„Mrs Grindly hält mich für total übergeschnappt“, sagte ich auf dem Heimweg zu Sharon und Bobby.

„Der menschliche Verstand kann jederzeit überschnappen“, gab Sharon zurück.

„Danke, Sharon“, sagte ich. „Herzlichen Dank.“

„Ich kann nicht verstehen, dass sie dich den ganzen Tag gezwungen haben, im Zimmer der Krankenschwester zu sitzen. Warum haben sie dich nicht einfach nach Hause geschickt?“, wollte Bobby wissen.

„Mrs Grindly wollte, dass ich mich beruhige. Sie hat mich dazu gebracht, Bilder von dem Monster zu zeichnen“, erklärte ich.

„Dann hat sie dir doch geglaubt?“, fragte Bobby.

„Nein. Ich sag euch doch – sie hält mich für verrückt. Sie hat dauernd meinen Kopf getätschelt und gemeint, alles würde wieder in Ordnung kommen.“

„Aber es ist absolut nicht alles in Ordnung, Vinny“, sagte Sharon missmutig. „Du hast die Preisverleihung ruiniert – und das Foto der Gewinner. Dustin hat dich mitten im Abflug erwischt.“

„Wie hätte ich denn ruhig lächeln können, Sharon?“, erwiderte ich. „Wenn diese Kreatur mich verfolgt?“

„Keiner hat die Kreatur gesehen, Vinny.“ Sie stieß einen Seufzer aus. „Keiner außer dir.“

„Aber du hast es doch auch mitgekriegt!“, rief ich. „Du hast doch den unheimlichen Schatten in meinem Zimmer gesehen. Hast du das vergessen?“

Sharon zuckte mit den Schultern. „Ich habe nur deinen Schattenesel gesehen, Vinny. Und dein Vater hat dein Zimmer überprüft. Da war nichts.“

„Aber jetzt ist da was! Etwas, das hinter mir her ist!“, rief ich. Dann warf ich einen raschen Blick über meine Schulter. Nur um sicherzugehen, dass ES nicht da war.

„Ich glaube Vinny“, sagte Bobby. „Ich glaube, dass ein Monster hinter ihm her ist.“

Jetzt war es an mir zu seufzen. Wenigstens einer glaubte mir.

„Wann hast du die Kreatur zum ersten Mal gesehen? Und wie sah sie aus?“, erkundigte Bobby sich. „Das fragt Inspektor Flynn mich auch immer.“

Sharon tat so, als müsste sie sich gleich übergeben, doch ich schenkte ihr keine Beachtung.

„Das erste Mal sah ich das Monster gestern Abend in meinem Zimmer“, erzählte ich ihm. „Aber da habe ich es nicht richtig gesehen. Ich – ich hatte zu viel Angst, um genauer hinzugucken.“

Bobby nickte. „Sprich weiter." Er klang wie ein Detektiv.

„Heute konnte ich es genauer betrachten", fuhr ich fort. „Es hat zwei gewundene Hörner am Kopf und spitze Zähne in einem riesengroßen Maul, das auf und zu klappt. Und ganz scharfe Krallen. Ich weiß, dass sie scharf sind – weil es mich letzte Nacht im Bett gepackt hat." Ich schauderte.

„Was ist danach passiert?", fragte Bobby und kaute konzentriert auf einem Kaugummi herum.

„Es ist verschwunden. Meine Mutter hat das Licht in meinem Zimmer angemacht, und da war es weg. Aber es ist heute bei der Versammlung wieder aufgetaucht! Und als es mich berührt hat, wurde mir eiskalt."

„Ein Schattenmonster?", fragte Sharon kichernd. „Das ist echt gut."

Bobby klappte das Schild seiner Baseballkappe hoch. Er machte eine Kaugummiblase und ließ sie laut platzen. „Ja, Schattenmonster hab ich auch schon gesehen."

„Wirklich?", fragte ich erfreut.

„Klar doch. Die sind groß und grün, stimmt's?" Bobby streckte steif seine Arme aus – wie Frankenstein.

„Nein", sagte ich langsam. „Sie sind eher grau. Sie haben die Farbe eines gewöhnlichen Schattens."

„Ach ja, stimmt." Bobby nickte und kaute heftig Kaugummi. „Sie haben die normale Schattenfarbe. Aber sie haben glühend rote Augen."

„Nein, eigentlich nicht. Einfach nur große runde Augen. Die glühen aber nicht", sagte ich.

„Das falsche Monster, Bobby", warf Sharon mit ihrer hellen Stimme ein.

„Wenn man in der Fear Street wohnt, sieht man viele Monster", meinte Bobby. „Man kann sie leicht verwechseln."

Wir erreichten die Ecke, an der Bobby abbiegen musste. „Also, bis morgen." Er winkte und ging nach Hause.

Sharon begleitete mich bis zu meiner Haustür, doch sie kam nicht mit herein. „Heute muss Mum nur einen halben Tag arbeiten", erklärte sie und blieb auf dem Gehweg vor unserem Garten stehen. „Ich will schnell nach Hause gehen und ihr meine Auszeichnung zeigen." Hastig hielt sie sich den Mund zu. „Ich meine unsere Auszeichnung." Sie lächelte.

Wenigstens war sie nicht mehr wütend auf mich.

„In Ordnung." Ich winkte ihr noch einmal zu, als sie wegging.

Dann ging ich ins Haus und ließ meinen Rucksack auf den Boden fallen. „Mum? Dad?"

Keiner antwortete.

Ich ging in die Küche. „Ist jemand zu Hause?", rief ich.

Immer noch keine Antwort. Dann entdeckte ich den Zettel auf dem Kühlschrank, auf dem stand, dass meine Eltern mit Baby Joey einkaufen gegangen waren.

„Na toll", sagte ich und gab dem Kühlschrank einen kleinen Tritt.

Ich fühlte mich schrecklich. Die ganze Schule hielt mich für verrückt, einschließlich meiner Freundin Sharon, und meine Eltern waren ausgegangen.

Ich ging schnurstracks zum Schrank, in dem Dad seine Lieblingschips versteckt, und klaute die Tüte. Dann holte ich einen Milchkarton aus dem Kühlschrank und nahm einen großen Schluck – direkt aus dem Karton.

Ich brachte die Chips und die Milch ins Wohnzimmer und stellte mit der Fernbedienung den Fernseher an.

„Talkshow." Klick. „Talkshow." Klick. „Talkshow." Klick. „Ein Trickfilm. Na, wenigstens etwas." Dann ließ ich mich in einen großen Sessel fallen.

Ich versuchte, mich auf die Sendung zu konzentrieren, doch mein Blick wanderte immer wieder zu den Schatten im Zimmer. Als die Sonne unterging, wurden sie immer größer und länger.

Ich setzte mich auf und streckte langsam die

Hand nach der Chipstüte aus. Dabei beobachtete ich die Schatten.

Jedes Möbelstück bildete einen Schatten. Doch die Couch warf den merkwürdigsten Schattenumriss von allen. Er war groß und unförmig.

Ich steckte mir eine Hand voll Chips in den Mund und starrte nervös auf den Boden.

Irgendwas stimmte nicht.

Ich hörte auf zu kauen.

Der Couchschatten bewegte sich.

Und veränderte sich.

In einen Umriss mit geschwungenen Hörnern.

Voller Panik drückte ich mich tief in den Sessel und beobachtete entsetzt, wie der Schatten Gestalt annahm.

Jetzt konnte ich das Monster deutlicher als je zuvor erkennen. Sein Maul war ein klaffendes Loch. Darin waren zwei Reihen scharfer spitzer Zähne. Seine Hände bildeten lange, scharfe Klauen.

Dann nahm auch der Rest des Körpers Gestalt an.

Hastig sprang ich aus dem Sessel. Überall flogen Chips umher. Ich stieß den Milchkarton um. Er machte einen Salto, und die Milch ergoss sich über den ganzen Teppich.

Mit einem Satz sprang ich über den durchtränkten Teppich und hetzte die Treppe hinauf.

Mein Herz klopfte heftig.

Ich musste mich irgendwo verstecken – aber wo? Auf dem schwach erleuchteten Flur im oberen Stock drehte ich mich wild im Kreis und versuchte, einen klaren Gedanken zu fassen. Schatten. Was wusste ich über Schatten?

Dann schnippte ich erleichtert mit den Fingern. Sie brauchen Licht! Ohne Licht gibt es keinen Schatten.

Der Wäscheschrank! Er war dunkel, geräumig und hatte keine Fenster. Perfekt.

Ich stürzte zum Schrank, kroch hinein und machte die Tür von innen zu. Dann zog ich die Beine an, machte mich ganz klein und lauschte angestrengt.

„Warum lausche ich eigentlich?", fragte ich mich. „Schatten machen doch kein Geräusch! Sei nicht blöd!"

Auf der anderen Seite formten sie sich nicht selbst. Und verfolgten einen auch nicht. Also war es doch keine so dumme Idee zu lauschen.

Ich spitzte die Ohren.

Doch alles, was ich hören konnte, war mein eigenes lautes Herzklopfen.

Dann stieg mir plötzlich ein grauenhafter Gestank in die Nase. Er hüllte mich ein.

Ich rückte von der Tür weg – und stieß gegen einen Eimer. Der Windelbehälter, wie eklig!

Als ich ihn von mir wegschob, spürte ich ein Kribbeln in der linken Hand.

Ich dachte, sie sei eingeschlafen, und schüttelte sie. Doch das Kribbeln breitete sich immer mehr aus.

Es kroch von meiner Hand zum Ellbogen hinauf. Meine Finger hingen taub und kraftlos herunter. Sie wirkten wie erfroren.

„Oh nein!“, schrie ich, als die Kälte meinen ganzen Arm ergriff.

Ich warf einen Blick auf den Spalt unter der Schranktür.

Und dann sah ich es.

Das Schattenmonster kroch unter der Tür hinein.

Es schien an meinem Körper hochzukriechen.

Und nahm mir durch seine eiskalte Umklammerung fast den Atem.

Kapitel 9

Mit einem Schrei schlug ich die Tür auf, stürzte aus dem Schrank und schaute an mir herunter.

Der Schatten klammerte sich an mir fest.

Wie wild sprang ich auf und ab. Verzweifelt versuchte ich, ihn abzuschütteln, doch er ließ nicht locker. Er breitete sich langsam und stetig auf meinen Beinen aus.

Ich stolperte die Treppe hinunter; die grauenhafte schwarze Form klebte immer noch an mir. Schon kroch sie meinen Oberkörper hinauf und verwandelte ihn in einen Eisblock.

„Verschwinde!", brüllte ich, als meine Arme taub wurden. „Lass mich los!"

Ich wankte zur Küche, obwohl ich kaum noch laufen konnte. Meine Beine hatten sich in zwei Eissäulen verwandelt. Sie waren ganz steif, und ich spürte sie kaum noch.

Ich brauchte Hilfe, aber ich schaffte es nicht einmal mehr bis zur Hintertür.

Ich stolperte zum Küchentresen und versuchte, mich am Spülbecken festzuhalten. Aber in meinen Fingern war kein Gefühl mehr – es war unmöglich.

Dann stürzte ich auf den harten Fliesenboden.

Als das Ungeheuer meine Brust und meinen Hals hochglitt, hielt ich voller Panik die Luft an.

„Das Monster hat es auf meinen Kopf abgesehen!“, dachte ich entsetzt. „Es wird mein Hirn einfrieren!“

„Lass mich los!“, schrie ich und wand mich in Todesangst. „Lass mich los!“

Der Schatten glitt ein paar Zentimeter höher.

Jetzt kroch er schon über mein Kinn.

„Neeeiiin!“, schrie ich voller Entsetzen.

Es war mein letzter Schrei – dann wurden meine Lippen zu Eis.

KAPITEL 10

„Na, schau dir den Faulpelz an, der da auf dem Boden liegt“, sagte meine Mutter, als sie durch die Hintertür in die Küche kam.

„Was machst du denn da unten?“, fragte Dad.

„Der Sch-Schatten –“

Ich schaute an meinem Körper herunter.

Das Monster war weg.

Nirgendwo die Spur eines dunklen Schattens. Nur die helle Nachmittagssonne, die durch die offene Tür schien.

„Vinny will eine Schattenfigur für dich machen, Joey“, sagte mein Vater und machte die Tür hinter sich zu.

„N-nein! NEIN, DAS WILL ICH NICHT!“, rief ich.

„Sadden!“, quietschte Joey entzückt. Mum trug ihn auf der Hüfte. In einer Hand hielt er ein halb geschmolzenes Eis am Stiel. Ein paar Tropfen rannen seinen Arm entlang und wären fast auf mich heruntergefallen.

Ich drehte den Kopf auf die Seite, um dem klebrigen Zeug auszuweichen. Aber ich hatte nicht die Kraft, aufzustehen. Ich fühlte mich, als hätte ich gerade einen dreifachen Marathonlauf gemacht.

„Keine Zeit für Schatten“, sagte Mum. „Vinny, steh bitte auf, und hilf deinem Vater mit den Lebensmitteln.“ Mit übertrieben großen Schritten stieg sie über mich drüber.

„Ach, Mum“, stöhnte ich. „Muss ich wirklich? Ich bin so müde.“

„Was ist los mit dir? Hattest du einen schlechten Tag in der Schule?“

Ich nickte. „Schlimmer, als du dir das vorstellen kannst.“

Sie bückte sich und tätschelte meinen Kopf. „Also, dann wasch dir die Hände. Wir haben chinesisches Essen vom ‚Goldenen Drachen‘ mitgebracht. Lasst uns essen, solange es noch heiß ist.“

Langsam richtete ich mich auf und ging zum Spülbecken. Ich drehte den Hahn auf und hielt meine Hände unter das warme Wasser. Es fühlte sich auf meinen eiskalten Fingern sehr angenehm an.

Ich muss wohl ziemlich lange dort gestanden haben. Denn als Nächstes kam meine Mutter und stellte das Wasser ab. „Vinny, ich glaube, deine Hände sind jetzt sauber genug.“ Sie gab mir ein Handtuch. „Jetzt setz dich und iss.“

Dad hatte sich schon neben Joey gesetzt. Die Gerichte aus dem ‚Goldenen Drachen‘ dampften auf Platten, die mitten auf dem Tisch standen.

Eine Platte war voller brauner Nudeln mit grünem

Zeug, darüber waren gehackte Erdnüsse gestreut. Auf der anderen lagen Fleischstückchen mit einer orangefarbenen Glasur.

„Was ist das?“, fragte ich mühsam. Ich brachte kaum meinen Mund dazu, die Worte zu formen.

„Süßsaures Schweinefleisch und Nudeln mit Spinat und Erdnüssen.“ Mum nahm meinen Teller und häufte große Portionen von jeder Platte darauf. Dann tat sie ein paar Löffel weißen Reis in die Mitte.

Ich beugte meinen Kopf vor, um das Essen auf meinem Teller näher zu betrachten. Es roch köstlich. Doch ich konnte meine Hand nicht dazu bringen, nach der Gabel zu greifen.

Ich spürte, wie mein Kopf schwer wurde.

Dann schlug mir etwas Eiskaltes in den Nacken – und danach wurde alles um mich herum schwarz.

KAPITEL 11

„Vinny?"

Ich konnte Mums Stimme hören, aber sie klang weit weg – wie am Ende eines langen Tunnels. Es hörte sich an, als würde sie weinen.

„James!", rief sie meinen Vater. „Tu doch was!"

Wieder hörte ich ein Schluchzen. Ein tiefes Schluchzen.

„Der arme Dad. Er weint auch", dachte ich. „Das Schattenmonster hat mich erwischt – und jetzt trauern sie um mich."

Langsam hob ich den Kopf und versuchte, den Blick auf meine Eltern zu konzentrieren.

Sie beugten sich über den Küchentisch – ihre Wangen waren tränenüberströmt.

Sie *lachten* Tränen.

Ich starrte sie an, während sie sich halbtot lachten – und merkte, dass die taube Kälte verschwunden war, die ich beim Angriff der Kreatur gespürt hatte. Jetzt fühlte ich das Gegenteil. Eine warme, klebrige Flüssigkeit tropfte von meinen Wangen und von meinem Kinn. Sie roch nach –

„Erdnüssen und Spinat", stöhnte ich.

Auf einen Schlag wurde mir die schreckliche Wahrheit bewusst.

Ich war eingeschlafen. Mitten im chinesischen Essen.

Ein Spinatklumpen fiel von meiner Wange und landete mit einem lauten „Blubb!“ auf meinem Teller. Dies rief bei Mum, Dad und Joey die nächste Runde Gelächter hervor.

„Du bist mit dem Gesicht im Essen eingeschlafen“, gluckste Dad. „Ein perfekter Kopfsprung mitten in die Nudeln.“

Meine Mutter wischte sich die Tränen aus den Augen. „Ich habe versucht, dich zu wecken, und dir einen kalten Waschlappen auf den Nacken gelegt. Das hat auch nicht funktioniert!“, kicherte sie. „Ach“, sie beugte sich lachend vor, „war das komisch!“

Joey sah einen nach dem anderen an. „No-na!“, kreischte er. Dann tunkte er sein Gesicht in den Teller mit süßsaurem Schweinefleisch. Mein Vater lachte so herzhaft, dass er beinahe vom Stuhl gefallen wäre.

Ich wischte mir mit einer Serviette etwas Erdnussbrei vom Kinn und fand das Ganze überhaupt nicht lustig.

Mum sah mich an und versuchte, eine ernste Miene zu machen. „Vinny, warum wäschst du dich nicht und gehst ins Bett? Du musst wirklich erschöpft sein. Ich komme später rauf und schau nach dir.“

Ich beschloss, genau das zu tun. Unsicher schwankend stand ich auf. Krachend fiel mein Stuhl um. Die drei anderen krümmten sich vor Lachen.

„Witzig, echt witzig“, murmelte ich und verließ den Raum.

Oben wusch ich mir den klebrigen Spinat aus dem Gesicht und wankte in mein Zimmer. Doch ich konnte mich nicht dazu bringen, mich auszuziehen.

Ich nahm meine Taschenlampe und knipste sie an. Dann fiel ich in meinen Klamotten erschöpft aufs Bett.

„Ich muss herausfinden, was das für ein Monster ist“, murmelte ich beim Eindösen. „Und was es von mir will. Bevor es zu spät ist.“

Ich fiel in einen tiefen Schlaf. Doch als am nächsten Morgen der Wecker klingelte, war ich immer noch todmüde.

„Vinny, du siehst schrecklich aus“, sagte Sharon, als wir nach der Schule nach Hause trotteten. Es hatte den ganzen Vormittag geregnet. Der Himmel war noch grau, und der Gehweg war voller Pfützen.

Ich sah mein Spiegelbild in einem Autofenster, an dem wir vorbeiliefen. Sharon hatte Recht. Ich hatte große dunkle Schatten unter den Augen, und mein Gesicht war so bleich, als sei ich ein Gespenst.

Ich schauderte und warf erneut einen Blick über meine Schulter – um mich zu vergewissern, dass ich nicht von der Kreatur verfolgt wurde.

„Ich wünschte, Bobby wäre hier. Er weiß alles über Monster“, sagte ich. „Er versteht mich.“

Mr Ridgely hatte Bobby erwischt, als er in der Mathematikstunde Monsterbilder zeichnete – schon zum dritten Mal in der Woche. Deswegen musste Bobby heute nachsitzen.

Sharon schnalzte verächtlich mit der Zunge. „Gar nichts weiß Bobby. Es gibt Leute, die beschäftigen sich wirklich mit Monstern. Richtige Wissenschaftler. Keine kleinen dummen Jungs wie Bobby. Bobby ist bloß ein Schwätzer.“

„Na ja, vielleicht übertreibt er manchmal ein bisschen“, murmelte ich. „Aber seine Geschichten kommen mir von Tag zu Tag glaubwürdiger vor.“ Wieder sah ich mich prüfend um.

„Wie zum Beispiel Geschichten über Schattenmonster?“ Sharon verdrehte die Augen. „Steckt ihr beide etwa unter einer Decke? Wollt ihr mich veräppeln?“

Ich blieb stehen. „Sharon, was ich dir erzählt habe, ist wahr. Und wenn du mir nicht glaubst, kann ich auf deine Freundschaft verzichten.“

Jetzt blieb auch Sharon stehen. „Dieses Schattenmonster“, fing sie an. „Wie, hast du gesagt, sieht es aus?“

Ich seufzte. „Ich hab es dir doch schon beschrieben: Es hat einen großen Kopf und ein riesiges Maul mit spitzen Zähnen –“

„Und große Hörner?“, unterbrach Sharon mich. „Die geschwungen sind und am Ende ganz spitz werden?“

Ich schluckte schwer. „Ja. Warum fragst du?“

„Weil –“ Sharons Stimme war nur noch ein leises Flüstern. „Weil dort drüben etwas steht, das genauso aussieht. Dahinten.“ Sie zeigte hinter meine Schulter.

Ich drehte mich langsam um. Mein Magen krampfte sich zusammen.

Da war es.

An der Ecke.

Dort stand es.

Ich hatte es noch nie aufrecht stehen gesehen. Es stand auf zwei Schattenbeinen und war mindestens ein Meter achtzig groß. Seine Arme waren lang und dünn und hingen herunter. Die Hörner auf seinem Kopf schienen bis in den Himmel zu reichen. Und zum ersten Mal sah ich, dass es auch einen Schwanz hatte. Einen bedrohlich aussehenden, stacheligen Schwanz.

Es bewegte sich ziemlich schnell. Und es bewegte sich in unsere Richtung.

Meine Knie wurden weich. Ich versuchte etwas zu sagen, doch ich brachte nur ein heiseres Krächzen heraus.

„Komm!“, zischte Sharon. Sie packte mich am Ärmel und zerrte mich weg. „Wir müssen verschwinden, bevor das Ding uns erwischt!“

Wir rannten über die nächste Rasenfläche. Ich warf einen Blick über meine Schulter.

Der Schatten verfolgte uns.

„Was sollen wir tun? Was sollen wir bloß tun?“, rief ich.

„Uns verstecken!“ Sharon zog mich hinter ein großes, altes Auto, das in der Auffahrt parkte.

Wir ließen uns auf den nassen Asphalt fallen und hielten den Atem an. Ich machte die Augen fest zu.

Mir war klar, dass es sinnlos war, sich hier zu verstecken – gestern hatte mich die Kreatur sogar in einem verschlossenen Schrank gefunden. Aber ich wusste nicht, was wir sonst tun sollten.

Wir warteten. Und warteten.

Schließlich konnte ich es nicht mehr aushalten und spähte über das Auto. „Es ist weg“, flüsterte ich. „Vielleicht hat es uns nicht gesehen.“

Sharon lehnte sich an das Hinterrad und stöhnte. „Mann, war das unheimlich.“

„Glaubst du mir *jetzt*?“, fragte ich.

Sie nickte heftig. „Klar. Jetzt glaube ich dir.“

Mit zitternden Beinen stand ich auf.

Sharon zog mich wieder nach unten. „Was machst du denn?“, keuchte sie. „Duck dich!“

„Es ist okay, Sharon. Ich habe dir doch gesagt, das Monster ist weg!“

„Glaubst du, es wird wiederkommen?“

Ich lehnte meinen Kopf an die Stoßstange. „Wahrscheinlich. Aber ich weiß nicht wann. Ich schaue den ganzen Tag über meine Schulter, und abends habe ich Angst vor dem Einschlafen.“

„Was will es von dir?“, fragte Sharon und kaute an ihrer Unterlippe.

Ich fuhr mir mit beiden Händen durchs Haar. „Wenn ich das bloß wüsste! Aber ich glaube nicht, dass es einfach verschwinden wird. Wir müssen es irgendwie loswerden.“

Sharon kroch auf Händen und Füßen um das Auto herum, um einen Blick auf die Straße zu werfen. „Warum müssen *wir* es loswerden?“, fragte sie. „Schließlich verfolgt es *dich*, nicht mich!“

„Weil du angeblich meine beste Freundin bist, darum!“, rief ich wütend.

„Ach so – tut mir Leid. Du hast Recht. Es ist bloß, äh, ich habe noch nichts über Monster gelesen. Ich weiß nichts über sie.“

Das war das allererste Mal, dass Sharon zugab, von irgendetwas keine Ahnung zu haben. „Alles, was du wissen musst, ist, dass das Monster hinter mir her ist“, erklärte ich. „Und wir müssen einen Weg finden, es loszuwerden.“

„Okay, okay“, gab sie nach.

Sie richtete sich auf und klopfte den Schmutz von ihrer Hose ab. Dann untersuchte sie ihren Fotoapparat und vergewisserte sich, dass sie damit nicht gegen das Auto gestoßen war. „Also – was jetzt?“

Ich holte tief Luft. „Wir müssen herauskriegen, wo das Monster lebt.“

„Und wie wollen wir das tun?“, fragte sie.

„Ihm unauffällig folgen“, sagte ich entschlossen.

„Was?“, fragte Sharon erschrocken. „Aber wir können doch nicht ...“

„Wir *müssen* es tun“, unterbrach ich sie. „Und dann müssen wir herausfinden, um was für ein Monster es sich genau handelt. Und es loswerden.“

„Also, ich weiß nicht ...“ Sie verstummte.

Doch ich hatte meine Entscheidung getroffen. „Hör zu, Sharon, mach was du willst. Ich gehe ihm hinterher.“

Damit verließ ich sie und begann, das Schattenmonster zu suchen.

Ich ging den Gehweg entlang und schaute unter die Autos, hinter die Büsche, überall.

„Warte!“, rief Sharon. „Lass mich hier nicht allein! Was ist, wenn das Monster wiederkommt und mich holt? Warte auf mich!“ Atemlos kam sie angerannt und schloss sich meiner Suche an.

„Mir gefällt das gar nicht“, klagte sie ein paar Straßen weiter. „Das ist mir zu unheimlich. Lass uns nach Hause gehen.“

„Ich kann nicht, Sharon. Ich kann jetzt nicht aufgeben. Komm schon“, flehte ich. „Wir müssen nur noch eine Straße abchecken.“

Wir bogen um die Ecke – und da sah ich den Schatten.

„Da ist das Monster“, flüsterte ich. „Es hat gerade die Straße überquert.“

Wir bückten uns und rannten von Baum zu Baum; dabei behielten wir die hässliche Kreatur im Auge.

„Warum tun wir das überhaupt?“, jammerte Sharon. „Ich will das nicht. Wir könnten beide umgebracht werden. Von der nächsten Telefonzelle aus rufe ich meine Mutter an und bitte sie, mich hier abzuholen.“

„Sharon, sei still!“, befahl ich.

Mein Herz klopfte heftig. Am liebsten wäre ich auch nach Hause gerannt, um mich dort in mein Zimmer einzuschließen und mit meiner Taschenlampe unter der Bettdecke zu verstecken. Doch ich wusste, dass ich selbst da nicht in Sicherheit war.

Es gab keinen sicheren Ort. Es gab kein Versteck vor dem Ungeheuer.

Ich atmete tief durch und sprang hinter den nächsten Baum.

Gerade, als ich dazu ansetzte, über die Straße zu rennen, hielt Sharon mich hinten an der Jacke fest. „Warte, Vinny!“

„Sharon, lass mich los!“ Ich versuchte, ihre Hand abzuschütteln. „Sonst verlieren wir es aus den Augen!“

Doch Sharon zerrte noch heftiger an meiner Jacke. „Vinny!“, flüsterte sie. „Weißt du, wo wir sind?“

Ich schüttelte den Kopf.

Mit zitternden Fingern zeigte Sharon auf das Straßenschild.

Ich schrak zusammen.

Fear Street!

Kapitel 12

Beinahe jedes schreckliche, beängstigende, gespenstische Ereignis, das in Shadyside passiert, geschieht in der Fear Street. Auf dem Friedhof der Fear Street. Oder in den unheimlichen alten Häusern mit den zugewachsenen Gärten. Bobby schwört darauf.

Während wir uns langsam an ein paar leer stehenden Häusern vorbeischlichen, versuchte ich, Bobbys grauenhafte Geschichten zu vergessen.

Ich rief mir immer wieder ins Gedächtnis, dass die Häuser, an denen wir vorbeigingen, unbewohnt waren. Doch meine Nackenhaare sträubten sich. Ich konnte das unheimliche Gefühl, beobachtet zu werden, nicht abschütteln.

Sharon schien es genauso zu gehen. Sie klammerte sich an meinen Arm.

„Glaubst du, das Schattenmonster lebt in einem dieser alten Häuser?“, flüsterte sie. „Bobby sagt, dass lauter Gespenster drin wohnen. Er sagt, er kann sie die ganze Nacht stöhnen hören.“

„Ich dachte, du glaubst nicht an Bobbys Geschichten, Sharon.“

„Na ja, vielleicht glaube ich jetzt daran“, erwiderte sie. „Bloß ein bisschen.“

Plötzlich ertönte ein heiseres Kichern aus einem Haus, das mit Brettern zugenagelt war.

Sharon blieb stehen. „Das reicht“, verkündete sie. „Ich geh nach Hause.“

„Nein, das tust du nicht“, gab ich zurück. „Wir sind schon so weit gekommen. Der Schatten wird vor einem dieser Häuser anhalten – ich bin sicher. Und dann wissen wir, wo er wohnt.“

„Und dann können wir nach Hause gehen und Inspektor Flynn anrufen, und der kann ihn unschädlich machen“, führte Sharon zu Ende.

„Genau.“ Es klang nach einem guten Plan.

Doch der Schatten bog ab. Er blieb vor keinem der Häuser stehen, sondern sprang plötzlich vom Gehweg. Sharon und ich sahen, wie er hinter einer Gruppe von dunklen, knorrigen Bäumen verschwand.

Ich schrak zusammen.

„Der Wald. Er geht in den Fear-Street-Wald!“

Wir starrten auf die Bäume.

Ich wusste, Sharon dachte das Gleiche wie ich.

Die Fear Street ist zwar eine unheimliche und gespenstische Straße. Doch wenn man von wirklich grauenvollen Plätzen spricht, steht der Fear-Street-Wald an allererster Stelle.

„Ich will nach Hause!“, sagte Sharon entschlossen. „Jetzt gleich!“

„Das geht nicht. Wir müssen ihm hinterher.“

„Nie im Leben“, gab Sharon zurück.

Meine Hände fingen an zu zittern. Ich steckte sie in die Hosentaschen, damit Sharon es nicht sah.

„Doch“, beharrte ich. „Wenn du nicht mitkommen willst, geh ich halt allein.“

Vor Angst drehte sich mir fast der Magen um. Ich wollte nicht wirklich ohne Sharon in den Wald, aber ich konnte den Schatten auch nicht einfach entkommen lassen.

„Also, ich bleibe nicht ganz allein auf der Fear Street zurück!“, sagte Sharon mit dünner Stimme. Sie sah sich ängstlich um. „Dann muss ich wohl mitkommen.“

„Okay, hier entlang.“ Ich führte sie an den Häusern vorbei in den Fear-Street-Wald.

Während wir langsam zwischen den dicken Bäumen hindurchgingen, hielt ich den Atem an. Dichte, stachelige Kletterpflanzen hingen von den Ästen herunter und versperrten uns den Weg. Als wir sie beiseite schoben, schnitten sie uns in die Hände.

Obwohl sich die schweren Wolken in der Zwischenzeit verzogen hatten und die Sonne am Nachmittagshimmel stand, drangen keine Sonnenstrahlen durch die dichten Baumkronen.

Wir waren von Finsternis umgeben.

„Au!“ Ich schlug mir an einem niedrigen Ast den Kopf an. „Wenn wir bloß eine Taschenlampe hätten!“, flüsterte ich.

„Und einen Panzerwagen“, fügte Sharon hinzu. Sie drängte sich so nahe an mich, dass sie fast auf meinen Turnschuhen stand.

Ein Teppich aus Tannennadeln bedeckte den Waldboden, aber es roch überhaupt nicht nach Tannen. Die Luft hatte gar keinen Geruch.

Bobby sagt immer, dass im Fear-Street-Wald niemals Vögel zwitschern. Er behielt Recht: Ich hörte keinen einzigen Vogel. Auch von anderen Tieren war weder etwas zu sehen noch zu hören.

Es war totenstill.

„Siehst du das Monster irgendwo?“, flüsterte Sharon hinter mir.

Ich schaute angestrengt in die Dunkelheit.

Langsam drehte ich den Kopf und versuchte, meine Augen an die Finsternis zu gewöhnen.

Gleichzeitig lauschte ich aufmerksam, um irgendein Geräusch zu hören. Das Knacken eines Zweigs. Irgendwas. Aber der Wald blieb still. Die Stille war unheimlich.

„Ich sehe nichts –“

Etwas Spitzes bohrte sich in meinen Arm. Tief in meine Haut.

Blitzschnell drehte ich mich um.

„Sharon!“, rief ich. „Was machst du da?“

Sharon hatte ihre Fingernägel in meinen Arm gepresst, ließ mich aber jetzt wieder los. „Lass uns gleich Inspektor Flynn anrufen. Ich will nach Hause.“

„Aber ...“

Da knackte irgendwo ein Zweig. Sofort schauten wir in die Richtung, aus der das Geräusch gekommen war.

„Dort drüben!“ Ich zeigte nach vorne. „Es muss da drüben sein.“

Ich duckte mich und lief unter einem herunterhängenden Ast hindurch und sprang über ein Bachbett. Zusammen folgten wir der Schattengestalt, die uns immer tiefer in den Wald führte.

„Das Sumpfmonster“, murmelte ich, als mir Bobbys Geschichte wieder einfiel. Meine Knie zitterten. Hinter mir hörte ich Sharon röcheln.

Die Luft wurde plötzlich eiskalt, und ich schauderte.

Vor uns erhoben sich drei riesengroße graue Felsen aus der Erde; zwischen ihnen lag eine kleine Lichtung.

Ich bedeutete Sharon, stehen zu bleiben. „Sieh mal!“

Mitten auf der Lichtung stand das Schattenmonster.

„Beweg dich nicht“, flüsterte ich. Wir hielten den Atem an.

Der Schatten drehte seinen Kopf von einer Seite zur anderen. Er sah sich suchend auf der Lichtung um. Dann verschwand er hinter dem größten Felsen.

„Da ist es.“ Ich zeigte mit dem Finger auf die Stelle. „Da muss es wohnen.“

Mein Puls war auf hundertachtzig.

Langsam schlichen wir uns an den großen Stein heran. Ich ging vorsichtig um ihn herum. Als ich die Rückseite erreichte, schrak ich zusammen.

„Sharon!“, flüsterte ich. „Wir haben es gefunden!“

Sharon pirschte sich heran. „Huch!“ Vor Schreck fiel ihr die Kinnlade herunter.

„Eine Höhle! Das Monster lebt in einer Höhle!“, rief ich erstaunt.

Sharon und ich starrten in die riesige Öffnung der Höhle.

Spitze Kristallzapfen hingen von oben herunter. Dahinter schimmerte ein gespenstisches grünliches Licht. Ein Licht, das aus dem tiefen Inneren der Höhle zu kommen schien.

Sharon packte mich am Arm.

Mit einem schrecklichen Gefühl in der Magengrube betrat ich den Eingang der Höhle.

Kapitel 13

„Iiiiihh!“, stöhnte ich und hielt mir die Nase zu. Ein grauenhafter Gestank stieg von unten auf.

Sharon fing an zu würgen.

Blinzelnd spähte ich in die Höhle. Ein schmaler, tunnelartiger Gang führte nach unten. An seinem Ende schimmerte das grünliche Licht.

Wir folgten dem unterirdischen Weg, und bald wand sich ein dichter grüner Nebel um unsere Knöchel, sodass ich meine Füße nicht mehr sehen konnte.

Langsam wateten wir durch den Nebel auf das Licht zu.

Der Tunnel wurde immer abschüssiger. Ich hielt mich an den Innenseiten der Höhle fest, um nicht in die Tiefe zu rutschen. Die Wände waren mit einem warmen, zähen Schleim überzogen. „Igitt!“ Ich stöhnte leise vor Ekel.

Plötzlich rutschten meine Hände an den glitschigen Wänden ab. Meine Füße verloren jeden Halt, und ich schlitterte den Tunnel hinunter.

Und fiel.

In ein riesiges Loch voller Schleim – voller dickem, blubberndem, stinkendem Schleim.

Ich stand bis zur Taille in der zähen Masse und versuchte mit aller Kraft, mich zu befreien, doch irgendetwas zog mich hinunter.

„Vinny!", schrie Sharon. „Sieh mal!"

Auf der anderen Seite des blubbernden Schleimteichs stand ein Junge, der ungefähr so groß war wie ich. Er trug ein rot-weiß gestreiftes T-Shirt mit langen Ärmeln, Jeans und eine Baseballkappe. Er hatte uns den Rücken zugewandt.

Wieder versuchte ich, aus dem ekelhaften Schleimloch zu klettern, doch meine Füße rutschten ab.

„Komm schon", befahl Sharon. „Hör auf, in dem Teich herumzualbern. Lass uns mit dem Jungen reden."

Sie streckte mir ihre Hand hin und zog mich heraus.

Dann formte sie mit den Händen einen Trichter und rief: „Hey, du!"

Der Junge rührte sich nicht.

„Vielleicht hat er dich nicht gehört", sagte ich. „Wir müssen näher hingehen."

Wir liefen um den Teich herum und hielten uns die Nase zu.

Auf der anderen Seite angekommen, sahen wir, dass der Rucksack des Jungen an einem Riemen von seiner Schulter hing. Aus dem Rucksack schaute ein Notizbuch heraus.

Als wir näher kamen, konnte ich auf dem Notizbuch eine Aufschrift entziffern. „Waynesbridge Schule“ stand in roter Tinte auf dem Umschlag.

Waynesbridge war zwar nur wenige Meilen von Shadyside entfernt, doch ich kannte keine Schüler der dortigen Schule.

„Hey!“, rief ich. „Hallo!“ Ich fuchtelte mit den Armen, um ihn auf uns aufmerksam zu machen.

Er wandte sich nicht um.

Ich ging die letzten paar Meter bis zu ihm und lief um ihn herum.

„Oh nein!“ Geschockt wich ich zurück.

Der Junge hatte seine Arme ausgestreckt – so als wollte er sich vor etwas schützen.

Und seine Beine sahen aus, als würden sie gleich wegrennen, doch er rannte nicht.

Er rührte sich nicht – er war erstarrt.

Ich schaute in sein Gesicht. Die Augen waren vor Schreck weit aufgerissen. Der Mund stand offen, als würde er schreien. Ein Gesicht wie ein Statue. Vor Angst erstarrt.

KAPITEL 14

Mein Herz klopfte wild.

Ich bewegte meine Hand vor den Augen des Jungen.

Keine Reaktion.

Er blinzelte noch nicht einmal.

Er stand bloß da – völlig erstarrt.

War das Monster daran schuld?

Ich hatte nicht vor dazubleiben, um das herauszufinden.

Ich drehte mich um und rannte – rannte um mein Leben.

Sharon blieb mir dicht auf den Fersen.

Wir rasten an dem blubbernden Teich vorbei, kämpften uns durch den Nebel den steilen Weg hinauf Richtung Ausgang.

Der grauenhafte Gestank brannte mir in den Augen und der Lunge. Ich musste mir die Nase zuhalten.

In Windeseile rannten wir aus der Höhle und weiter durch den Wald. Die Äste zerkratzten uns das Gesicht und zerrissen unsere Kleidung.

Wie gehetzt liefen wir die Fear Street entlang. Ich spürte einen heftigen Stich in der Seite. Auch Sharon rang nach Luft.

Bald hatten wir meine Straße erreicht und rannten quer über den Rasen bis zur Haustür.

„Schnell!“, keuchte ich und riss die Tür auf. „Komm rein!“

Sharon und ich stolperten ins Haus. Ich schloss die Haustür von innen zu und schob den Riegel vor. Dann verriegelten wir die Hintertür und alle Fenster.

Niemand war zu Hause. Meine Eltern waren mit Joey zur Untersuchung beim Kinderarzt. Sie würden erst später zurückkommen.

„Hast du das Gesicht des Jungen gesehen?“ Sharon folgte mir keuchend ins Wohnzimmer. Sie strich sich das Haar aus der Stirn und ließ sich auf die Couch fallen.

„Ich – ich werde es nie vergessen“, brachte ich mühsam heraus und ließ mich auf den Boden sinken.

„Glaubst du, er ist – tot?“, fragte Sharon leise.

„Ich weiß nicht – ich glaube nicht. Er wirkte bloß erstarrt. Wie eine Statue oder so was.“

„Vielleicht war er nicht echt“, sagte Sharon. „Vielleicht war er nur eine Puppe – wie die Schaufensterpuppen in den Geschäften!“

„Nein“, erwiderte ich. „Dafür wirkte sein Gesicht viel zu echt.“

Sie schauderte. „Vinny, ich habe Angst. Dieses

Schattendings ist echt gefährlich. Wir müssen jemandem davon erzählen."

„Du hast Recht." Unruhig schaute ich aus dem Fenster. „Wir müssen die Polizei rufen, bevor es zu spät ist."

Ich sprang vom Boden auf und ging zum Telefon in der Küche. Eine tiefe Stimme meldete sich nach dem ersten Klingelzeichen.

„Polizeidienststelle Shadyside. Inspektor Flynn am Apparat."

Ich hielt für Sharon den Daumen in die Höhe. „Inspektor Flynn!", rief ich. „Ich – ich muss etwas melden – ein Monster."

„Ganz ruhig, mein Lieber", sagte der Polizeibeamte. „Hol tief Luft, und sag mir, was los ist."

„Da ist ein Junge", fing ich hastig an. „Na ja, zumindest sein Körper. Ich kenne ihn zwar nicht, aber ich glaube, er geht in die Schule von Waynesbridge –"

„Ein Körper!" Ich hörte, wie sein Stuhl knarrte. Es klang, als würde er sich aufsetzen und aufmerksam zuhören. „Wo ist dieser Körper?"

„In einer Höhle!", stieß ich aus. „Im Fear-Street-Wald."

„Wo genau liegt diese Höhle?", fragte Inspektor Flynn.

„Ungefähr zehn Minuten zu Fuß von der Fear

Street.“ Ich presste die Augen fest zu und versuchte, mich genau an den Weg zu erinnern. „Man muss ein Flussbett überqueren und kommt an ein paar Felsbrocken vorbei. Der Eingang zur Höhle liegt hinter dem größten dieser Felsen.“

„Erzähl ihm von dem grünen Licht“, flüsterte Sharon, die neben mir stand.

„Ach ja. In der Höhle leuchtet so ein komisches grünes Licht.“

„Ein grünes Licht? Einen Augenblick.“ Ich hörte, wie Flynn die Hand auf die Muschel legte.

„Hey, Jungs! Es ist wieder der kleine Besley“, ertönte seine gedämpfte Stimme.

„Nicht schon wieder!“ Ich hörte Stöhnen im Hintergrund. „Leg auf!“

Sie sagten noch ein paar Dinge, die ich nicht verstand. Dann hörte ich schallendes Gelächter.

Inspektor Flynn räusperte sich. „Also, Bobby“, sagte er, „letzte Woche hast du mir von den Vampiren in der Sporthalle erzählt. Glaubst du, die Fledermäuse könnten etwas mit dieser Höhle zu tun haben? Vielleicht haben sie sich dort eingenistet.“

Ich hörte noch mehr Gelächter.

„Oder vielleicht die riesigen Affenmonster, die in der Fear Street herumschwirren? Von denen hast du mir letzte Woche auch berichtet. Vielleicht leben die in der Höhle?“, fügte Flynn hinzu.

„Darüber weiß ich nichts! Ich bin nicht Bobby! Und ich habe wirklich den Körper eines Jungen gesehen. Weil wir einen Schatten verfolgt haben. Na ja, es war kein echter Schatten. Eher ein Monster –“

„Entscheide dich, Bobby. Ist es ein Schatten oder ein Monster?“, unterbrach der Inspektor mich.

„Es ist ein Schatten, der sich in ein Monster verwandelt“, versuchte ich zu erklären.

„Warte mal“, sagte Inspektor Flynn. „Lass mich das mitschreiben. Schatten. Verwandelt sich in Monster“, wiederholte er gedehnt. „Okay, weiter. Ich bin sicher, du hast noch mehr zu berichten.“

„Das Monster hat ganz spitze Hörner und einen großen Körper – mit einem Schwanz. Und riesige scharfe Klauen“, erwiderte ich.

„Spitze Hörner, scharfe Klauen“, murmelte er. „Das klingt aber nicht so gut wie das, was du sonst lieferst, Bobby“, fügte er glucksend hinzu. „Bist du sicher, dass du nicht mehr zu bieten hast?“

„Es ist aber wahr!“, rief ich verzweifelt. „Es *gibt* ein Schattenmonster. Es lebt im Fear-Street-Wald in einer Höhle – und es hat den Jungen aus Waynesbridge erwischt. Das weiß ich. Und jetzt ist es hinter *mir* her!“

„Das ist wirklich bedauerlich, Bobby“, sagte Flynn. „Wir werden sofort in der Sache ermitteln.“

Ich hielt die Hand auf die Sprechmuschel. „Er glaubt mir nicht“, sagte ich zu Sharon. „Er hält mich für Bobby.“

„Es war schön, sich mal wieder mit dir zu unterhalten, Bobby“, fuhr der Inspektor fort. „Hey, Jungs! Sagt Bobby auf Wiedersehen.“

Flynn schien den Hörer hochzuheben, denn ich konnte die anderen Beamten laut und deutlich hören, als sie „Tschüss, Bobby!“ riefen.

Ich legte auf und sah Sharon an. „Er glaubt uns nicht. Er wird uns nicht helfen.“

Sharon schluckte schwer. „Wer dann?“

„Niemand, Sharon. Keiner wird uns glauben. Wir sind ganz auf uns gestellt.“

Kapitel 15

„Es ist alles Bobbys Schuld“, sagte Sharon und stöhnte. „Wenn er nicht jeden Tag die Polizei anrufen und seine bescheuerten Geschichten erzählen würde, hätte Inspektor Flynn uns geglaubt.“

„Vergiss Bobby und Inspektor Flynn.“ Ich kaute nervös an meinem Daumennagel herum. „Wir haben ganz andere Sorgen. Was ist, wenn das Monster zurückkommt? Ich muss vorbereitet sein.“

„Eine Liste“, schlug Sharon vor. „Wir müssen eine Liste machen und alles aufschreiben, was wir über die Kreatur wissen. Vielleicht können wir dadurch herausfinden, was wir tun müssen.“

„Gute Idee.“ Ich holte ein Blatt Papier und einen grünen Filzstift. „Schreib du.“

„Okay.“ Sharon setzte sich an den Esstisch und fing an zu überlegen. „Mal sehen. Der Schatten scheint am Tag und in der Nacht aufzutauchen.“

„Er braucht Licht, um sichtbar zu werden.“ Mir war eingefallen, dass ich ihn in meinem Zimmer gesehen hatte, als das Licht der Straßenlampe von draußen den Raum erhellt hatte.

„Braucht Licht“, murmelte Sharon, während sie schrieb.

Meine Gedanken wanderten zum Wäscheschrank. Da drin hatte ich ihn zwar nicht sehen, dafür aber spüren können. Als ich daran dachte, rann mir ein eiskalter Schauer den Rücken hinunter.

„Aber er kann auch in einem ganz abgedunkelten Raum sein“, sagte ich zu Sharon.

Sie hob den Kopf. „Noch irgendwas?“

Das Monster war verschwunden, als meine Mutter die Küchentür aufmachte. Und auch, als Mum in mein Zimmer gekommen war. Es musste da eine Verbindung geben, aber welche? Meine Mutter? Hatte das Monster etwa Angst vor meiner Mutter?

Nein. Das war unmöglich.

„Ich hab's!“, rief ich plötzlich. „Als meine Mutter in mein Zimmer gekommen ist, hat sie das Licht angemacht. Und als sie die Küchentür geöffnet hat, schien die Sonne. *Das* ist der Grund, weshalb der Schatten beide Male verschwunden ist!“

Ich wanderte aufgeregt auf und ab.

„Helles Licht!“, stieß ich aus. „Er hält es nicht in einem Raum aus, in dem sehr helles Licht ist. Und es sieht so aus, als könnte er sich sowohl draußen als auch drinnen aufhalten.“

„Richtig, wir haben ihn heute draußen gesehen. Aber das Sonnenlicht ist sehr hell. Wie kann es der Schatten draußen in der Sonne aushalten?“, fragte Sharon und kaute auf dem Filzstift herum.

Das war eine gute Frage.

„Ich weiß es! Weil es heute bewölkt war, erinnerst du dich? Der Himmel war ganz grau."

„Ja!", jubelte Sharon. „Das muss es sein! Das Tageslicht war nicht hell genug, um ihn zu vertreiben." Sie machte ein paar Notizen, dann lehnte sie sich zurück. „Er hat den Jungen in der Höhle angegriffen, und er ist hinter dir her. Aber er hat es nicht auf Joey oder deine Eltern abgesehen."

„Und nicht auf dich", fügte ich hinzu. „Bei euch ist er doch noch nicht aufgetaucht, oder?"

Sharon schauderte. „Sprich es nicht aus."

„Jetzt weißt du, wie mir zumute ist", murmelte ich.

„Aber warum ist er nur hinter dir her? Warum nicht hinter mir? Oder Joey?"

Ich zuckte mit den Schultern. „Keine Ahnung, warum das Schattenmonster ausgerechnet mich verfolgt."

Ich nahm das Blatt mit Sharons Notizen hoch. „Lass mich mal sehen, was wir wissen. Er will mich kriegen – aus irgendeinem Grund. Und er kann mich in der Dunkelheit und bei dämmerigem Licht angreifen – drinnen und draußen."

Sharon beugte sich vor. „Aber in hellem Licht kann er dich nicht angreifen."

„Das ist die Lösung!", rief ich. „Komm mit." Ich machte die Kellertür auf.

„Äh, Vin, ich will dir ja keine Angst machen, aber euer Keller ist nicht gerade hell.“

„Nein, aber da unten ist eine Menge Zeug, das sehr helles Licht abgibt!“

Wir rannten die Treppe hinunter. Ich ging schnurstracks in Dads Werkstatt. „Damit werde ich mein Zimmer taghell machen!“, erklärte ich, während ich zwei große Arbeitsleuchten aus Aluminium hochhielt.

Ich steckte sie in die Steckdose neben mir. Sofort wurde Sharon von dem grellen weißen Licht geblendet.

„Hey!“, schrie sie. „Lass das!“

Ich schaltete die Lampen wieder aus. „Die können wir an mein Kopfteil klemmen. Sie haben die gleiche Wirkung wie große Scheinwerfer. Komm, nimm alles mit, was Glühbirnen hat.“

Außer den beiden Arbeitsleuchten fand ich eine alte Tischlampe, eine Nachttischlampe und mehrere starke Strahler.

Sharon nahm ein paar Verlängerungskabel mit, eine Stehlampe, drei lange Lichterketten mit Weihnachtskerzen und den Leuchtschneemann aus Plastik, den wir Weihnachten immer vors Haus stellen.

Voll bepackt gingen wir hinauf in mein Zimmer.

Ich hängte die beiden großen Arbeitsleuchten ans

Kopfteil meines Bettes und drapierte die Lichterketten auf meiner Matratze. Dann stellte ich den Plastikschneemann neben mein Kopfkissen auf den Boden. Die anderen Lampen verteilte ich gleichmäßig im Raum. Auf dem Boden war ein solcher Kabelsalat, dass ich hüpfen musste, um von einer Seite des Zimmers zur anderen zu gelangen. Schließlich machten wir alle Lampen an. Das grelle Licht blendete mich und brannte in meinen Augen.

Sharon zuckte zusammen und hielt sich schützend die Hand vor die Augen. „Das sieht irre aus! Vor allem die blinkenden Weihnachtskerzen!“

In diesem Moment hörten wir das Geräusch eines Motors und sahen aus dem Fenster. Der Kleinbus meiner Mutter bog in die Auffahrt ein.

„Ich will nicht, dass meine Eltern sehen, was ich tue“, sagte ich zu Sharon. „Sonst halten sie mich für übergeschnappt. Ich schließe mich lieber in mein Zimmer ein.“

„Aber erwarten sie denn nicht, dass du zum Abendessen auftauchst?“

„Sag ihnen, ich fühle mich nicht wohl“, erwiderte ich, während ich die Lampen in die richtige Position rückte. Ich wollte sicherstellen, dass es in meinem Zimmer keine einzige dunkle Ecke gab.

„Okay.“ Sharon ging zur Tür. „Aber sei vorsichtig. Ich rufe dich morgen Früh an.“

Ich hörte das Klappen der Haustür, als Sharon ging. Rasch schlüpfte ich in meinen Schlafanzug. Als ich die Bettdecke zurückschlug, hörte ich ein Klopfen an der Tür.

„Vinny, bist du okay?“, fragte meine Mutter vom Flur aus. „Sharon hat gesagt, dir geht es nicht gut.“

Ich bekam Angst. Wenn Mum hereinkam, würde sie einen Herzinfarkt kriegen! „Äh, einen Augenblick, ich mache gerade Hausaufgaben.“ Ich rannte zur Tür, öffnete sie einen Spalt, schlängelte mich hindurch und machte sie sofort hinter mir zu. „Ich fühle mich wirklich nicht gut“, erklärte ich. „Am besten geh ich heute mal früh ins Bett.“

Diesmal hatte Mum Joey nicht dabei. Deswegen schenkte sie mir ihre ganze Aufmerksamkeit. Ausgerechnet jetzt, da ich sie ablenken musste.

Sie legte die Hand unter mein Kinn und hob es hoch, um mein Gesicht besser sehen zu können. „Du siehst wirklich müde aus“, murmelte sie. „Du hast ganz dunkle Ringe unter den Augen.“ Dann befühlte sie meine Stirn. „Hast du Fieber?“

Ich schüttelte den Kopf. „Mir fehlt nur etwas Schlaf.“

„Also gut.“ Mum sah mich prüfend an. „Wenn es dir morgen Früh nicht besser geht, solltest du vielleicht zu Hause bleiben.“

Super! Dann könnte ich den ganzen Tag in meinem Zimmer bleiben und müsste keine Angst vor dem Schattenmonster haben!

Ich war froh, dass meine Mutter so besorgt um mich war. Doch ich wollte nicht länger auf dem schwach erleuchteten Flur bleiben – ich musste zurück ins Licht.

„Danke, Mum. Mach dir keine Sorgen. Wahrscheinlich fühle ich mich morgen wieder besser."

Ich wartete, bis sie die Treppe hinuntergegangen war. Dann schlüpfte ich zurück in mein Zimmer und schloss die Tür von innen ab.

Erschöpft sank ich in mein Bett und machte die Augen zu. Ich wusste, dass ich in Sicherheit war. Die Lampen beschützten mich. Eigentlich hätte ich sofort einschlafen müssen, doch ich konnte es nicht.

Das Licht war zu grell.

Ich stand auf und wühlte in meiner Kommode herum. In der obersten Schublade fand ich nicht das, was ich suchte. Auch in der zweiten nicht. Aber in der dritten Schublade fand ich meine Sonnenbrille endlich.

Ich setzte sie auf und kletterte wieder ins Bett. Perfekt.

Jetzt würde ich sicher gleich einschlafen.

Ich machte die Augen zu – aber der erstarrte Junge in der Höhle spukte in meinem Kopf herum.

Sein zu Tode erschrockener Gesichtsausdruck hatte sich in mein Gedächtnis eingebrannt. Ich wälzte mich im Bett hin und her.

Dann fiel mein Blick auf das Radio.

„Vielleicht läuft gerade eine langweilige Talkshow. Dabei kann ich sicher gut einschlafen." Ich setzte mich auf und schaltete es ein.

ZZZISCH!

Das laute Knistern hallte in meinen Ohren nach.

„Neeiin!", schrie ich. „Das darf doch nicht wahr sein!"

Kapitel 16

Schlagartig war es in meinem Zimmer dunkel geworden.

Alle Lichter im Raum waren ausgegangen.

Sogar der Leuchtschneemann.

Ich war nicht mehr sicher.

„Oh nein!“ Hastig kletterte ich aus dem Bett. „Die vielen Lampen haben zu viel Strom gezogen! Die Sicherung muss rausgesprungen sein!“

Mein Herz raste. Mit ausgestreckten Armen stolperte ich blind in meinem Zimmer umher.

„Was mache ich nur? Was soll ich bloß tun?“

Das Schattenmonster konnte sich irgendwo versteckt haben. Jede Sekunde in der Dunkelheit brachte mich meinem schlimmsten Albtraum einen Schritt näher.

Ich öffnete die Tür und warf einen Blick auf den Flur. Auch hier waren alle Lichter aus.

„Das heißt, dass das ganze Haus keinen Strom mehr hat“, dachte ich. „Also wird Dad gleich in den Keller gehen und die Sicherung wieder reindrehen.“

„Ganz ruhig bleiben!“, befahl ich mir. „Gleich geht das Licht wieder an.“

Ich wartete in der Dunkelheit.

Doch das Licht ging nicht an.

Mir brach der kalte Schweiß aus.

Der Schein der Straßenlampen drang durch die Jalousien. Er hinterließ ein gestreiftes Muster auf dem Boden.

Ich starrte auf die Streifen. Hatte sich einer von ihnen nicht gerade bewegt?

Ich kniff die Augen zusammen und schaute wieder hin.

Tatsächlich: Die schmalen Streifen wanden sich – und verschmolzen zu einer größeren Form.

„Beeil dich, Dad! Mach schon!“ Das Blut pochte in meinen Schläfen.

Voller Verzweiflung tastete ich auf der Bettdecke nach der Taschenlampe. Schließlich schmiss ich die Decke und die Kissen auf den Boden, aber ich konnte die Taschenlampe nicht finden.

Der Schatten wurde größer und nahm die Gestalt der grässlichen Kreatur an. Die beiden geschwungenen Hörner wurden sichtbar, dann das Krokodilmaul mit den spitzen Zähnen und die Klauen.

Das Monster löste sich vom Boden und erhob sich.

Es stolzierte auf seinen langen Beinen auf mein Bett zu. Das grauenhafte Maul klappte dabei auf und zu.

„Nein!“, stieß ich aus. Ich rutschte an das Kopfende des Bettes und rollte mich zu einem Ball zusammen. „Dad!“ Ich versuchte zu schreien, brachte aber nur ein heiseres Krächzen heraus.

Das Monster kam immer näher. Es streckte seinen Schattenarm nach mir aus. Seine Krallen bohrten sich in das Laken.

Ich presste meinen Rücken fest an das Kopfteil.

Jetzt beugte sich die Kreatur über mich. Und dann spürte ich sie – die schreckliche, betäubende Kälte. Sie kroch meine Beine hoch, breitete sich in meiner Brust aus und schoss durch meine Arme. Eine beißende Kälte.

Ich versuchte, das Monster mit den Händen abzuwehren.

„Lass mich in Ruhe!“, schrie ich. „Rühr mich nicht an!“

So weit ich konnte, wich ich zurück, doch die Kreatur beugte sich vor und legte ihre Krallen um meinen Hals.

Die bittere Kälte erfasste meine Kehle und wanderte mit einem stechenden Schmerz hinauf in meinen Kopf.

„Geh weg!“, brüllte ich. „Neeeiiin!“

Kapitel 17

Tropf. Tropf. Tropf.

„Der Wasserhahn im Bad muss undicht sein“, dachte ich schläfrig.

Nein, dafür war das Tropfen zu laut. Und es hallte zu sehr. Es klang mehr wie ein Tropfen im Keller.

Oder in einer Höhle.

„In einer Höhle?“

Ich riss die Augen auf.

Um mich herum flackerte grünliches Licht.

Als ich tief Luft holte, roch ich den ekelhaften Gestank.

Unheimliche Schatten huschten über die rauen Felswände.

„Wie bin ich hierher gekommen?“, stöhnte ich.

Langsam stand ich auf und sah mich nervös um. Hinter mir war der Schleimteich. Auf seiner anderen Seite befand sich der unterirdische Gang nach draußen.

Ich machte einen Schritt – und stolperte.

Über einen Körper, der vor meinen Füßen auf dem Boden lag.

Ein Schauer lief mir über den Rücken.

„Der Junge aus der Waynesbridge Schule“, dachte ich erschrocken.

Aber irgendwas stimmte nicht.

Er stand nicht mehr auf den Beinen. Und er trug auch nicht mehr das rot-weiß gestreifte T-Shirt, in dem wir ihn zuerst gesehen hatten.

Stattdessen trug er einen Schlafanzug.

Ich kniete mich hin, um sein Gesicht besser sehen zu können – und stieß einen Schrei aus.

Der Körper auf dem Boden – das war nicht der Junge aus Waynesbridge.

Starr blickte ich auf das Unheimlichste, was ich jemals gesehen hatte.

Kapitel 18

Ich konnte den Anblick nicht ertragen und machte die Augen zu.

Dann warf ich noch einen Blick auf das Gesicht.

Auf *mein* Gesicht!

Mein eigenes Gesicht starrte mich an. Es wirkte wie eine Maske und trug den gleichen Ausdruck von Todesangst, den ich auf dem Gesicht des Jungen aus Waynesbridge gesehen hatte.

„Nein! Das darf nicht wahr sein!"

Es musste sich um den grauenhaftesten Albtraum meines Lebens handeln.

Oder der Junge auf dem Boden war nicht wirklich ich.

Ich starrte den Jungen an. Er trug genau den gleichen Schlafanzug wie ich. Auch bei seinem fehlte der zweite Knopf, und auch auf seinem war der gelbe Fleck von Joeys Leuchtstift, der sich nicht mehr herauswaschen ließ.

„Nein! Das ist unmöglich! Wie kann mein Körper gleichzeitig da unten liegen und hier stehen?"

Ich presste die Augen fest zu und verdeckte sie zusätzlich mit der Hand. „Ich zähle bis drei", sagte ich mir. „Danach liege ich wieder zu Hause im Bett und bin in Sicherheit."

„Eins, zwei, drei.“

Vorsichtig öffnete ich die Augen einen Spalt weit – genug, um das gespenstische grüne Licht zu sehen.

Ich machte sie noch weiter auf und zuckte zusammen.

Vor mir schwebte der dunkle Schatten einer Hand.

„Neeiin!“ Ich wich zurück. „Das Schattenmonster!“

Ich hob die andere Hand, um mein Gesicht zu schützen.

Jetzt sah ich auf einmal zwei Schattenhände.

Ich wackelte mit den Fingern. Die Schattenhände wackelten auch mit den Fingern.

Ich schwenkte meine Arme vor meinem Gesicht hin und her. Die Schattenarme machten dieselben Bewegungen.

Ich rang um Luft und warf einen Blick auf meinen Körper, der auf dem Boden lag.

Ich beugte mich hinunter – über das, was einmal ich gewesen war – und keuchte vor Schreck.

Das war ich nicht mehr.

Das war nur noch ein verschwommener dunkler Umriss.

Ich war nur noch ein Schatten.

Kapitel 19

Das konnte nicht sein. Das war unmöglich!

„Hiiilfe!“, schrie ich. „Ein Schatten! Ich bin ein Schatten!“

„Ich muss die Höhle verlassen“, beschloss ich. „Sobald ich draußen bin, wird alles gut.“

Ich fing an zu rennen.

Und stellte fest, dass ganz und gar nicht alles gut sein würde.

Denn ich rannte nicht.

Ich ging noch nicht einmal.

Ich glitt eher – genauso wie das Schattenmonster.

Entsetzt drehte ich mich auf der Suche nach einem Hinweis um – nach einem Weg, wie ich wieder ich werden konnte.

Mein Blick fiel auf den Jungen auf dem Boden – den Jungen, der ich früher gewesen war. Seine Arme waren ausgestreckt, und ihm standen die Haare zu Berge. Am schlimmsten war aber sein Gesichtsausdruck. Die pure Angst stand darin geschrieben.

Meine Schattenbeine fingen an zu zittern. Der Raum begann sich zu drehen. Ich wollte mich gerade hinsetzen, als ich plötzlich Stimmen hörte.

Eilig lief ich zum Rand des blubbernden grünen Teichs und versteckte mich dort hinter einem großen Felsbrocken.

Die Stimmen wurden lauter. Sie kamen näher.

Verstohlen spähte ich aus meinem Versteck. Oh nein! Vor mir stand das Schattenmonster. Und noch viele andere Schatten – dutzende von Schattenmonstern.

Einige von ihnen waren krumm und verwachsen, andere hochgewachsen, mit knubbeligen Köpfen und stachligen Körpern – eines grauenhafter als das andere.

Hastig duckte ich mich wieder hinter den Felsen und lauschte.

„Bald ist Sonnenuntergang", sagte der mit den Hörnern. „Dann gehen wir hinaus, um Energie zu tanken."

Die anderen summten leise. Sie ließen sich am Rand des Teichs nieder. Ich hörte sie murmeln: „Ja, Energie, ach ja." Sie klangen müde, sehr müde.

„Ja, Energie", wiederholte das gehörnte Monster. „Lebensenergie. Die Energie der Kinder."

Energie? Die Energie der Kinder?

Jetzt ergab alles einen Sinn! Jetzt verstand ich, warum ich so müde gewesen war. Warum ich in der Schule eingeschlafen und mit dem Kopf auf meinem Teller eingenickt war!

Jedes Mal, wenn das Schattenmonster mich berührt hatte, hatte es Energie aus mir rausgesaugt!

„Heute Abend wird ein Neuer zu uns stoßen", verkündete das gehörnte Monster.

„Nein, das werde ich nicht!" Ich sprang hinter dem Felsen hervor. „Ich gehe mit euch nirgendwo hin."

Das Schattenmonster wandte sich mir zu. Es glitt näher. Dabei klappte es sein Maul drohend auf und zu und bleckte die scharfen Zähne. Die anderen folgten ihm und umzingelten mich.

„Du wirst mit uns mitkommen", beharrte die Kreatur. „Du bist jetzt einer von uns."

„Das bin ich nicht!", schrie ich. „Warum habt ihr mir das angetan?" Ich zeigte auf meinen Körper im Schlafanzug, der auf dem Boden lag.

„Weil du so tolle Schatten machen kannst. Du verstehst uns Schatten. Du magst uns."

„Du irrst dich!", rief ich. „Ich mag keine Schatten! Früher mochte ich sie zwar – aber jetzt nicht mehr. Ich habe sie nur für Joey gemacht."

„Na ja, nun ist es zu spät", sagte der Schatten mit den Hörnern. „Jetzt bist du einer von uns."

„Ich will aber nicht einer von euch sein! Verwandelt mich in einen Menschen zurück!", rief ich. „Sofort!"

„Auf keinen Fall", verkündete die Kreatur. „Von nun an bist du ein Schatten – für immer."

Kapitel 20

Ein Schatten für immer!

Ich musste unbedingt nach Hause.

Ich musste Mum und Dad finden. Sie würden mir helfen, meinen Körper zurückzubekommen.

Die Monster zerrten mich mit sich zum Höhleneingang.

Ich versuchte, so zu tun, als hätte ich mich in mein Schicksal gefügt.

Sie schwebten hinaus in den Fear-Street-Wald und füllten die Nacht mit ihren dunklen Umrissen. Dann glitten sie in alle Himmelsrichtungen davon.

Sobald sie weg waren, bewegte ich mich durch den Wald. Ich huschte über trockenes Laub und über knorrige Baumwurzeln, die aus der Erde ragten. Immer wieder warf ich verstohlene Blicke nach hinten und vergewisserte mich, dass keine der Kreaturen mir gefolgt war.

Ich schlich mich aus dem Wald und ging nach Hause.

Mums Kleinbus und Dads Wagen parkten in der Auffahrt. „Gut", dachte ich. „Sie sind beide zu Hause. Ich werde sie zur Höhle führen, und sie werden mir helfen, meinen Körper zurückzubekommen."

Dann entdeckte ich den weißen Streifenwagen vor unserem Haus. Durch das Fenster konnte ich meine Eltern sehen, die mit einem Polizisten redeten.

Mein Vater wirkte äußerst besorgt. Er fuchtelte mit den Armen, zeigte erst auf die Treppe und dann auf die Hintertür. Meine Mutter stand neben ihm und hielt Joey auf dem Arm. Sie wischte sich mit einem Taschentuch über die Augen.

„Oh nein! Sie glauben, ich bin verschwunden", dachte ich und glitt ans Fenster. „Arme Mum! Armer Dad!"

Ich kroch durch den Spalt unter der Haustür und huschte ins Wohnzimmer. Dort stellte ich mich vor sie hin.

„Mum! Dad!", rief ich. „Ich bin hier! Schaut mich doch an!"

Aber sie hörten mich nicht.

Sie konnten mich noch nicht einmal sehen.

„Ich kenne meinen Sohn", sagte mein Vater gerade. „Er würde nicht einfach grundlos verschwinden."

Der Polizeibeamte nickte, während er etwas auf seinen Notizblock schrieb. Wahrscheinlich war er einer der Kollegen, die im Hintergrund gelacht hatten, als ich mit Inspektor Flynn telefoniert hatte.

„Ich weiß, dass Sie sich Sorgen machen, Mr Salvo. Aber Vinny ist wahrscheinlich bei irgendeinem Freund", beruhigte der Polizist meinen Vater. „Sicher hat er bloß vergessen, Sie zu benachrichtigen."

Ich schrie, ich sprang auf und ab, ich fuchtelte mit den Armen.

Es war sinnlos.

Für sie war ich unsichtbar. Ich war für alle unsichtbar. Nur die Schattenmonster konnten mich sehen und hören.

Ich musste meinen Eltern und dem Polizisten zeigen, dass ich hier war. Aber wie?

Ich sah mich im Zimmer um. Eine Möglichkeit war, die Lampe umzuwerfen und Krach zu machen. Nein, dachte ich dann. Sie würden glauben, dass sie von allein heruntergefallen war.

Die Lampe.

„Ich stelle mich hinter die Lampe – dann sehen sie meinen Schatten an der Wand."

„Hey, ihr!", brüllte ich und sprang im Lichtschein umher. „Hier drüben! Mum, bitte sieh her!"

Meine Mutter wandte zwar den Kopf zur Seite, doch sie sah mich nicht. Ihre Augen waren gerötet und starr.

„Komm schon, Mum!" Verzweifelt trat ich gegen die Wand.

Sie mussten mich bemerken! Sie *mussten* es einfach!

Ich versuchte es noch einmal und bewegte meine Arme wie die Flügel eines Vogels.

„Sadden!“, rief Joey plötzlich und riss die Augen weit auf. Er zeigte auf mich. „Mama, Sadden!“

„Ja, Joey!“ Vor Erleichterung ballte ich die Faust. „Jetzt werden sie mich endlich sehen.“

Ich streckte die Arme seitlich aus und tanzte herum. „Ich bin gerettet!“

„Sadden, hahaha!“, quietschte Joey und klatschte in die Hände. „Da!“

Ich hielt den Atem an und wartete darauf, dass meine Eltern sich umdrehen würden.

Aber sie taten es nicht.

Wieder sprang ich auf und ab.

Joey warf den Kopf zurück und stieß ein Freudengeheul aus.

„Mama – schaaaaaauuuuuuu!“

„Nicht jetzt, Joey“, wies Dad ihn zurecht und wandte sich meiner Mutter zu. „Carol, kannst du ihn bitte in die Küche bringen? Ich verstehe mein eigenes Wort nicht mehr.“

„Hört auf Joey! Hört ihm zu! Ihr hört ihm doch sonst immer zu!“, flehte ich.

„Komm, Joey. Wir gehen in die Küche, und dort kriegst du einen Keks“, sagte meine Mutter.

„Sadden! Sadden!“, krähte Joey und zeigte auf die Wand.

„Pssst, Joey“, sagte Dad und legte den Finger auf den Mund.

„Binny! Sadden!“, kreischte Joey.

„Einen ganz großen Keks mit Schokolade!“, sagte Mum und trug Joey in die Küche.

Aus Joeys Mund tropfte ein langer Speichelfaden. Er hing von seiner Unterlippe bis auf Mums Rücken herunter. Auf dem Weg nach draußen zeigte mein kleiner Bruder auf mich und brüllte: „Binny! Sadden!“

Dann verschwand meine Mutter mit ihm in der Küche.

„Was soll ich bloß tun?“, fragte ich mich stöhnend. Ich glitt die Treppe hinauf in mein Zimmer.

Keiner konnte mich hören. Keiner konnte mich sehen.

Das Schattenmonster hatte Recht. Ich war verloren. Ich würde für immer ein Schatten sein.

Als ich den Flur entlangging, sah ich plötzlich durch die halb offene Tür grelle Blitze in meinem Zimmer.

Sharon!

Sharon war in meinem Zimmer und machte Fotos.

„Super! Du weißt ja gar nicht, wie froh ich bin, dich zu sehen“, sagte ich zu ihr.

Doch natürlich konnte Sharon mich nicht hören.

„Irgendwo muss es einen Hinweis geben“, murmelte sie. Sie hielt sich den Fotoapparat ans Auge und richtete die Linse auf mein Bett. „Leute verschwinden doch nicht einfach spurlos.“

„Genau, Sharon!“, rief ich. „Ich bin hier drüben. Sieh doch!“

Sharon drehte sich um und richtete den Apparat auf das Fenster. *Klick.*

Dann wandte sie sich zu meinem Schrank um. *Klick.*

Sie machte ihre Sache wie immer sehr gründlich.

Sich im Kreis drehend, fotografierte sie mein Zimmer aus jedem Sichtwinkel.

Schließlich drehte sie sich um und hatte die Wand hinter meinem Schreibtisch im Visier.

„Das ist meine Chance!“, dachte ich. „Ich werde Sharon zeigen, dass ich da bin – und zwar sofort!“

„Sieh mich an!“, schrie ich und zwängte mich hinter die Schreibtischlampe. „Schau auf meinen Schatten an der Wand!“

Doch sie nahm mich immer noch nicht wahr.

Sie legte den Finger auf den Auslöser und richtete den Apparat direkt auf mich.

„Nicht!“, brüllte ich. „Mach kein Foto von mir!“

Sie stellte die Linse ein.

„Stopp!“, schrie ich. „Bloß kein Blitzlicht! Zu viel Licht! Sharon, das ist zu hell!“

KAPITEL 21

Klick!

Das Blitzlicht explodierte vor meinem Gesicht.

Ein scharfer, brennender Schmerz durchfuhr mich von Kopf bis Fuß.

Ich sank auf den Boden.

Wieder drückte Sharon auf den Knopf, und wieder schoss ein unerträglicher Schmerz durch meinen Körper. Ich rollte mich zusammen und fing an zu schrumpfen.

„Stopp, Sharon! Stopp!“, schrie ich gequält. „Du bringst mich um!“

Mit letzter Kraft streckte ich den Arm aus und ergriff die Schreibtischkante. Mühsam zog ich mich daran hoch.

Sharon machte sich daran, das nächste Foto zu schießen.

Ich musste sie unbedingt auf mich aufmerksam machen.

Mein Blick fiel auf meinen Schreibtisch, und mit einem Mal wurde mir klar, was ich tun musste.

Hastig hielt ich beide Hände vor den Lampenschirm und faltete sie.

Ich hatte nur diese eine Chance. Wenn Sharon

noch einmal auf den Auslöser drückte, würde ich total zusammenschrumpfen – das war mir klar. Ich musste es dieses Mal unbedingt schaffen.

Langsam hob Sharon den Fotoapparat an ihr Auge.

„Warte, Sharon!“, schrie ich; meine Hände zitterten im Lichtschein. „Nur eine Sekunde – bitte!“

Sie stellte den Sucher ein.

„Schau her!“ Ich formte einen perfekten Schattenesel mit langen Ohren und wieherndem Maul. Joeys Esel.

Sie legte den Finger auf den roten Knopf.

„Das war es“, dachte ich. „Jetzt bin ich geliefert.“

Ich presste die Augen ganz fest zu und wartete auf den Schmerz.

„Hä?“, murmelte Sharon.

Ich machte die Augen wieder auf. Sharon ließ den Fotoapparat sinken, legte den Kopf schräg und betrachtete meinen Schatten.

„Ja! Jetzt sieht sie ihn!“, rief ich. „Sharon! Ich bin’s, Vinny!“

Sie starrte meinen Schattenesel an und kniff die Augen zusammen. „Das muss ich mir einbilden“, murmelte sie. Sie schüttelte den Kopf und wandte sich ab.

„Oh nein, tu das nicht!“ Ich glitt so schnell ich konnte vor ihr her, sprang aufs Bett und bewegte meine Arme wild in der Luft umher. Mein Schatten flackerte an der Wand über dem Kopfteil meines Betts.

„Huch!", stieß Sharon erschrocken aus und wich mit Angst verzerrtem Gesicht zurück.

Oh nein! Jetzt hielt sie mich sicher für das Schattenmonster.

Bevor sie zur Tür rennen konnte, faltete ich schnell meine Hände zum Schattenesel.

Das ließ sie innehalten. Wieder beobachtete sie mich aufmerksam.

Dann formte ich meine Initialen an der Wand.

Zaghaft beugte Sharon sich vor und flüsterte: „Vinny?"

Ich nickte hastig.

„Bist du das wirklich? Nein, das kann doch nicht sein!" Sie näherte sich vorsichtig der Wand.

„Was ist mit dir los? Du bist – du bist ja ein Schatten! Wie ist das passiert? Das ist unglaublich!", sagte sie und fummelte an ihrem Fotoapparat herum. „Das muss ich knipsen!"

„Nein!" Ich hüpfte auf und ab und fuchtelte mit den Armen.

Sie zögerte. „Du willst nicht, dass ich ein Bild von dir mache?"

Ich nickte langsam und gut sichtbar, damit sie es auf keinen Fall missverstehen konnte.

„Warum nicht?"

Ich tat so, als hätte mir jemand mitten ins Herz geschossen, und schwankte im Zimmer umher. Dann fiel ich hintenüber und streckte die Beine in die Höhe, um die Wirkung noch eindrucksvoller zu machen. Danach blieb ich regungslos auf dem Boden liegen.

Sharon sah meiner Pantomime mit aufgerissenen Augen zu. Schließlich fragte sie: „Es könnte dich umbringen?"

Ich nickte.

„Oh Gott." Sie schüttelte den Kopf. „Vinny, das Ganze ist zu seltsam. Was ist passiert?"

Ich legte die Hände hinter meinen Kopf, formte Hörner und klappte meinen Mund auf und zu. Dann machte ich einen Satz auf sie zu.

Sie schrak zurück. „Das Schattenmonster!", rief sie. „Hat das Schattenmonster dir das angetan? Wie?"

Ich versuchte alle möglichen Wege, Sharon zu erklären, dass die Monster den Kindern die Energie aussaugten. Doch sie verstand mich nicht.

„Ach, Vinny. Es tut mir Leid. Ich begreife es einfach nicht."

Ich lief im Kreis herum und überlegte, wie ich es ihr deutlich machen konnte.

Sharon stöhnte. „Wenn ich dich bloß verstehen

könnte! Ich wünschte, ich hätte ein Bild von dem Schattenmonster gemacht. Dann hätte Inspektor Flynn dir glauben müssen, und dann wäre das nie passiert.“ Sie schleuderte ihren Fotoapparat auf mein Bett. „Es tut mir so Leid, Vinny. Es tut mir Leid, dass ich vergessen habe, ein Foto zu machen.“

Ich starrte auf den glänzenden Apparat auf meinem Bett – und hielt den Atem an.

Der Fotoapparat! Das war die Lösung!

Ich fuchtelte mit den Armen, um ihre Aufmerksamkeit zu erringen.

„Was ist los, Vinny? Was hast du?“, rief sie.

Ich gab ihr zu verstehen, dass sie den Fotoapparat aufheben und mir folgen sollte. Ich führte sie ins Schlafzimmer meiner Eltern.

Dort huschte ich zu Dads Kommode, zeigte auf die unterste Schublade und bedeutete Sharon, sie aufzumachen.

Sharon zog an den Griffen. „Was ist hier drin?“

In der untersten Schublade bewahrt mein Vater seine Fotoausrüstung auf, gut versteckt unter seinen Unterhosen. „Das ist sicherer“, sagt er immer. „Hier würden Einbrecher nie nach einem wertvollen Fotoapparat suchen.“

„Das sieht nach der Unterwäsche deines Vaters aus.“ Sharon spähte in die Schublade.

Ich zeigte heftig auf die Unterwäsche und tat dann

so, als würde ich sie hochheben und auf den Boden legen.

„Ach so." Sharon nahm die Unterhosen aus der Schublade und warf sie auf den Boden. Sie entdeckte sofort die Fotoausrüstung.

„Cool!", flüsterte sie, als sie den schweren Apparat herausholte. „Das ist ja eine Spiegelreflexkamera mit Zoom und erstklassigem Blitz."

Bei dem Wort „Blitz" ruderte ich heftig mit den Armen.

„Blitz?", wiederholte sie. „Du willst, dass ich den Blitz nehme?"

Ich nickte. Der kleine eingebaute Blitz in Sharons Polaroid hatte bei mir nur einen großen Schmerz bewirkt. Doch vielleicht konnte Dads starkes Blitzlicht den Schattenmonstern ernsthaften Schaden zufügen.

Ich deutete an, dass Sharon mir folgen sollte.

„Wohin gehen wir?" Sie wurde blass. „Gehen wir zur Höhle?", fragte sie mit zitternder Stimme.

Ich nickte.

„Auf keinen Fall, Vinny." Sie legte das Blitzgerät hin. „Es tut mir echt Leid. Aber ich gehe auf keinen Fall mit dir zurück zur Höhle."

Kapitel 22

Ich wirbelte im Kreis herum. Ich sprang auf und ab. Ich fuchtelte wild mit den Armen. Ich jagte Sharon durchs Zimmer. Ich versuchte alles in meiner Macht stehende, um ihr zu zeigen, wie verzweifelt ich war!

Als sie das Zimmer verlassen wollte, versperrte ich ihr den Weg.

„Okay. Okay. Hör auf damit, Vinny“, brummte sie schließlich. „Geh von der Tür weg. Ich komme mit. Hör auf, verrückt zu spielen.“

Ich führte sie die Fear Street entlang bis zum Wald; dabei mied ich den schwachen Lichtstrahl ihrer Taschenlampe.

Sharon redete ununterbrochen.

„Das gefällt mir nicht, Vinny. Das gefällt mir ganz und gar nicht. Ich bin nur mitgekommen, weil du mein Freund bist – und was mit dir passiert ist, könnte auch mir zustoßen. Mann, wäre das schrecklich!“

„Was für eine Freundin“, dachte ich.

Wir bewegten uns schnell durch den Wald.

Als wir am Höhleneingang ankamen, hielt sich Sharon die Nase zu. „Der Gestank ist ja noch schlimmer als vorher!“

Wir schlüpften hinein und wateten durch die grünen Nebelschwaden bis zum blubbernden Schleimteich. Eine grünliche Wolke hing über dem Loch. Es stank so sehr, dass Sharon anfing zu würgen.

„Ich kann es nicht. Ich kann nicht mehr weitergehen."

„Komm, Sharon", flehte ich stumm. „Ich brauche deine Hilfe."

„Vinny, ich hab solche Angst. Ich kann mich nicht mehr rühren."

Ich verstand sie. Mir ging es genauso, aber das konnte ich ihr nicht sagen.

Nachdem sie einige Zeit in den Schleimteich gestarrt hatte, holte sie tief Luft. „Also gut, okay." Sie hielt sich die Nase zu. „Lass uns weitergehen."

Vorsichtig gingen wir an dem blubbernden Teich vorbei. Als wir auf der anderen Seite angekommen waren, rannte ich vor und wollte ihr meinen Körper zeigen.

Doch auf dem Boden war nichts zu sehen.

„Mein Körper!", schrie ich entsetzt. „Mein Körper! Er ist weg!"

Ich glitt zurück zum Schleimteich und hinauf bis zum Eingang der Höhle. Ich suchte überall.

Doch mein Körper war spurlos verschwunden.

Kapitel 23

„*Was ist* los, Vinny? Was suchst du?“, fragte Sharon mit bebender Stimme.

Ich schlug mir wiederholt mit der Hand auf meinen Schattenumriss.

„Deinen Körper“, murmelte sie. „O je“, stöhnte sie leise.

Sie ließ den Schein der Taschenlampe über die Höhlenwände wandern. Das Licht fiel auf das matte grüne Schimmern, das hinten aus der Höhle kam.

„Lass uns nachsehen, was dahinten ist.“ Sie zeigte auf das gespenstische Schimmern.

Ich glitt hinter Sharon durch einen schmalen, gewundenen Tunnel.

„Da ist eine Kammer“, verkündete sie, als wir das Ende des Gangs erreicht hatten.

Wir näherten uns dem Raum.

Das grüne Licht schimmerte nicht mehr matt, sondern strahlte taghell und leuchtend.

Sharon schlich sich langsam zum Eingang.

Dann betrat sie die Kammer – und fing an zu schreien.

Ich folgte ihr und sah – lauter Kinderkörper, vor Schreck erstarrt. Mit lautlos schreienden Mündern und weit aufgerissenen Augen.

Sharon stöhnte und hielt sich die Hände vors Gesicht.

Ich wollte auch nicht hinsehen, aber ich konnte meinen Blick nicht davon abwenden.

Ein Junge kniete. Seine Hände hielten immer noch die Schnürsenkel, die er sich anscheinend gerade zubinden wollte, als das Schattenmonster ihn einfror. Sein Gesicht war schmerzverzerrt.

Ein Mädchen war mitten im Lauf erstarrt. Sie schaute nach hinten, und ihr Mund war weit aufgerissen – ein stummer Angstschrei.

Die anderen Körper standen hinter den beiden. Ich konnte sie nicht so deutlich sehen. Doch alle wirkten wie Statuen.

Aber das Schlimmste war der Schleim.

Jeder Körper war mit einer grünen Schleimschicht versiegelt. Es war das gleiche zähe Zeug wie in dem Höhlenteich. Wie eine riesige durchsichtige Hülle legte er sich um sie.

Sharon berührte versehentlich mit ihrer Schulter einen der schleimigen Körper.

„Igitt!", kreischte sie. „Ich habe einen gestreift. Ist das widerlich!" Sie rannte zum Eingang der Kammer und rieb sich den Arm. „Ich muss meinen Arm waschen."

„Nein!" Ich glitt hinter ihr her und versperrte ihr den Weg. „Wir können noch nicht gehen."

„Aus dem Weg, Vinny!“, befahl sie. „Ich verschwinde jetzt. Es gibt keinen Grund, hier zu bleiben. Dein Körper ist nicht da.“

„Nicht da!“, dachte ich verzweifelt.

Ich glitt wieder zurück zu den Körpern und starrte in ihre gequälten Gesichter.

Gesichter, die mir fremd waren. Keines dieser Kinder war aus Shadyside. Anscheinend hatten die Monster sie von woanders hergebracht.

Aber mein eigener Körper! Wo war er?

„Ich muss doch auch hier sein. Die anderen Kinder sind auch hier. Dann sollte mein Körper auch dabei sein.“

Aber er war es nicht.

Mutlos lehnte ich mich an die Höhlenwand.

„Ich werde für immer ein Schatten sein.“

„S-sieh mal.“ Sharon starrte auf einen schmalen Spalt in der Wand auf der anderen Seite des Raums.

„Das bin ich!“ Ich rannte zu meinem Körper hin, der in dem Spalt steckte und wie die anderen Körper mit Schleim bedeckt war.

„Vinny!“ Sharon wandte das Gesicht ab. „Ach, ich kann es nicht ertragen, dich so zu sehen! Ich muss mich gleich übergeben.“

Mir wurde auch ganz schlecht.

Mein Körper war mit dem grünen Schleim versiegelt – von Kopf bis Fuß.

Er sah widerlich aus.

Doch ich musste wieder in ihn hineinschlüpfen – egal wie sehr er mich anekelte.

Ich trat ein paar Schritte zurück.

Dann raste ich blitzschnell auf meinen Körper zu und versuchte, wieder hineinzuspringen.

Doch ich prallte an der schleimigen Hülle ab und stürzte auf den Boden.

Erneut nahm ich Anlauf.

Wieder fiel ich hin.

„Sharon, hilf mir!“, schrie ich. „Was soll ich tun?“

Sharon sah, wie ich auf den Boden fiel und stöhnte. „Es funktioniert nicht. Du musst irgendwas anderes versuchen!“

„Was denn?“, rief ich. Ich schwenkte meine Arme und formte große Fragezeichen in der Luft. „Was kann ich tun?“

„Wir müssen den Schleim abkratzen“, schlug sie vor. „Vielleicht kannst du dann wieder in deinen Körper springen.“

Ich nickte zustimmend.

Dann starrten wir einander an.

Sharon rührte sich nicht.

„Oh nein!“, schrie sie entsetzt. „Sieh mich nicht so an! Ich rühre das Zeug bestimmt nicht an.“

Ich glitt zu ihr hinüber, beugte mich über sie und schnappte drohend mit dem Mund.

„Lass das, Vinny." Sie wich zurück. „Ich werde es tun – ich hab doch nur Spaß gemacht."

Zögernd näherte sie sich meinem Körper und steckte die Finger in die Schleimschicht, die meine Brust bedeckte. „Igitt!", rief sie schrill. „Das Zeug ist ekelhaft. Und es stinkt furchtbar. Ich glaube, ich muss mich gleich übergeben!"

Sie wich zurück.

Wieder beugte ich mich drohend über sie.

„Also gut, also gut", sagte sie und kratzte mit ihren Fingernägeln an der Hülle. Sie schälte ein Stück der Schleimschicht ab, die meinen Körper umhüllte. Eine dicke grüne Flüssigkeit quoll aus dem Loch, tropfte auf Sharons Hand und rann am Bein herunter auf ihren Turnschuh.

Angeekelt verzog sie das Gesicht. Doch mit zusammengebissenen Zähnen machte sie weiter.

Sie ließ die schuppenartigen Stücke, die sie abkratzte, fallen.

Mit einem Klirren landeten sie auf dem Boden; sie klangen wie Glasscherben.

Aus jeder Öffnung, die in der Hülle entstand, floss das dickflüssige Zeug und bildete um Sharon herum kleine Pfützen.

Schließlich hatte sie auch das letzte Stück der Schleimhülle von meinem Körper gekratzt.

„So. Jetzt siehst du wieder aus wie sonst", verkündete sie. „Wenn deine Augen nicht aufgerissen wären, könnte man annehmen, du würdest noch in deinem Bett schlafen.“

„Stimmt“, dachte ich. Mein Körper hatte immer noch den blau-weiß gestreiften Schlafanzug mit dem fehlenden Knopf an. Nur mein Gesicht sah nicht so aus, als würde ich schlafen.

Es sah aus, als hätte ich Todesangst.

„Okay, Vinny. Versuch es noch einmal“, sagte Sharon.

Ich bewegte mich ein paar Meter zurück.

„Was ist, wenn es nicht funktioniert? Was mache ich dann?“

„Komm schon, Vin!“, feuerte Sharon mich an. „Worauf wartest du noch?“

Ich holte tief Luft.

Dann warf ich mich mit einem mächtigen Sprung auf meinen Körper.

KAPITEL 24

„Jaaaaa!", schrie ich, so laut ich konnte.
Ich riss die Hände hoch und betrachtete sie.

Meine Hände.

Keine Schatten mehr.

Ich schaute an meinem Körper herunter. Ich war tatsächlich wieder ich selbst!

„Es hat funktioniert! Ich bin wieder in meinem Körper!", jubelte ich und fuchtelte Sharon mit den Händen vor der Nase herum.

„Ja!", rief Sharon. „Ich wusste doch, dass ich es schaffe!"

Ich warf ihr einen ärgerlichen Blick zu.

„Oh, tut mir Leid. Ich wusste, dass wir es schaffen", verbesserte sie sich.

Überglücklich tanzte ich vor Sharon herum. „Ich bin wieder da! Ich bin wieder da! Ich bin wieder da!", schrie ich begeistert.

Und dann erstarrte ich.

Was war das für ein Geräusch?

Sharon hörte es auch. Ein Rauschen. Abrupt drehten wir den Kopf und schauten zum Eingang der Kammer.

„Die Schatten! Sie kommen zurück!", flüsterte ich.

Sharon sah mich mit großen Augen an.

„Sie dürfen uns nicht sehen!“ Voller Verzweiflung tastete ich die Wände des Raumes ab und suchte nach einer Öffnung. „Wir müssen einen anderen Ausgang finden, schnell!“

Sharon stöhnte. „Es ist sinnlos, Vinny! Wir sitzen in der Falle.“

„Nein“, sagte ich beharrlich. „Wir brauchen uns bloß rauszuschleichen – so wie wir hereingekommen sind.“

Wir rannten durch den Tunnel zu dem blubbernden Krater.

Durch den dicken grünen Nebel sah ich das grausige gehörnte Schattenmonster. Langsam kroch es am Schleimteich vorbei. Sharon und ich duckten uns hinter einen Felsen.

Wir spähten über den Rand und sahen, dass die Kreatur sich neben dem Krater niederließ.

Ihr schrecklicher Kopf zuckte hin und her.

Das Monster klappte sein Maul auf und zu und bleckte die scharfen, spitzen Zähne. Die anderen Schatten waren dem gehörnten Monster gefolgt. Auch sie ließen ihre Kiefer auf- und zuklappen.

Vor Schreck keuchte Sharon laut.

Das Schattenmonster drehte sich blitzschnell zu uns um.

Wir duckten uns hinter den Felsbrocken – zu spät.

Es hatte uns schon gesehen.
Die Kreatur bewegte sich schnell auf uns zu.
Mir brach der kalte Schweiß aus. Sharon zitterte.
„Vinny, tu doch was!“, wimmerte sie.
Eilig holte ich Dads Blitzgerät aus Sharons Tasche.
Die Schatten krochen näher.
Ich drückte auf den Knopf.
„Schnell!“, schrie Sharon gellend. „Sie kommen!“
Ich schaute auf. Das Schattenmonster stand nur wenige Schritte von uns entfernt. Es streckte schon seine Arme nach uns aus.
„Mach schon! Na los!“, rief ich ungeduldig und hielt das Blitzgerät umklammert. Ich wartete darauf, dass das Gerät einsatzbereit war.
Der Schatten griff mit seiner Klaue nach mir. Er berührte mich an der Schulter. Ein scharfer, kalter Schmerz schoss durch meinen Körper.
Ich stolperte rückwärts und ließ den Blitz fallen.
Ich griff danach, doch meine Finger waren taub – erstarrt.
„Sharon, der Blitz!“, brüllte ich.
Sharon starrte mich voller Panik an.
Sie rührte sich nicht.
Die Kreatur machte einen Satz nach vorn. Sie streckte ihre Klaue aus – ihr Ziel war meine Kehle.
Ich ließ mich auf den Boden fallen.
Hastig ergriff ich das Blitzgerät – und drückte ab.

KAPITEL 25

Ein elektrisiertes Knistern war zu hören, während ein grelles weißes Blitzlicht die Höhle durchflutete.

Ich drückte noch einige Male auf den Auslöser und schickte eine Serie von Blitzen hinterher.

Die Monster zuckten zurück.

Sie stöhnten und schwankten hin und her.

Vor Schmerz verdrehten sie die Köpfe. Ihre hässlichen, langen Schwänze klopften auf den Steinboden.

„Vinny, es funktioniert!“, rief Sharon und drückte auf den Auslöser ihres Fotoapparats, um ihr Blitzlicht zu aktivieren.

Die Monster rissen ihre Mäuler auf und stießen stumme Schreie aus. Sie fingen an, sich zusammenzurollen, schrumpften und wurden immer kleiner.

Immer wieder drückte ich auf das Blitzgerät und löste das blendende Licht aus.

Während sie zurückwichen und in sich zusammensanken, klappten ihre Mäuler wie wild auf und zu. Das grelle Licht zerstörte sie.

Schließlich verkümmerten sie jämmerlich.

Alles, was von ihnen übrig blieb, waren Haufen

schwarzer Asche an den Stellen, wo sie gestanden waren.

„Lass uns von hier verschwinden!“, rief ich.

Ich packte Sharons Hand, und wir rannten zum Höhlenausgang.

Plötzlich blieb Sharon wie angewurzelt stehen.

Ich zog heftig an ihrem Arm.

„Lauf!“, schrie ich und drehte mich zu ihr um. „Nicht stehen bleiben! Weiterrennen!“

„Das – das können wir nicht“, stammelte sie und zeigte geradeaus.

Ich wandte mich um – und dann sah ich sie.

Noch mehr dunkle Schatten. Sie warteten am Höhleneingang.

Und sie verstellten uns den Weg nach draußen.

Kapitel 26

„V-Vinny, was sollen wir tun?“, krächzte Sharon.

„Ihnen helfen“, antwortete ich.

„Was?“

„Wir müssen ihnen helfen, Sharon“, sagte ich. „Sieh mal. Es sind fünf. Diese Schatten gehören zu den Körpern hinten in der Höhle!“

„Du hast Recht!“, rief Sharon erstaunt.

Ich bedeutete den Schatten, mit uns zu ihren Körpern zu gehen.

„Hoffentlich wissen sie, dass wir Freunde sind“, flüsterte ich Sharon zu, während die Schatten dicht hinter uns blieben.

Sharon warf einen nervösen Blick über die Schulter. „Vielleicht sollten wir doch besser wegrennen.“

„Nein! Wir müssen ihnen helfen“, beharrte ich.

„Ich weiß, ich weiß. Das war nicht ernst gemeint.“ Sie schluckte schwer.

In der Kammer arbeiteten Sharon und ich so schnell wir konnten. Wir schälten die Hüllen aus Schleim von den Körpern. Wie zuvor quoll die zähe grüne Flüssigkeit heraus und bildete Pfützen auf dem Boden. Sie rann über meine Pantoffeln, aber ich hörte nicht auf, den ekligen Schleim zu entfernen.

Die Schatten beugten sich über uns und beobachteten uns.

Schließlich waren wir fertig, doch die Schatten sahen uns nur stumm an. Sie rührten sich nicht von der Stelle.

„Wa-warum starren sie uns an?“, stammelte Sharon.

„Ich weiß nicht“, antwortete ich verwirrt.

„Sie sollen damit aufhören“, sagte Sharon. „Mir wird ganz unheimlich.“

„Hey! Ich hab es! Ich wette, sie wissen nicht, was sie tun sollen. Wir müssen es ihnen vormachen!“, rief ich.

Das taten wir. Danach nahmen die fünf Schatten Anlauf und sprangen in ihre Körper zurück.

Es funktionierte!

Die Kinder sprangen auf und ab und schrien vor Freude.

„Lasst uns von hier verschwinden!“, rief der Junge aus Waynesbridge und raste los.

Wir alle jagten hinter ihm her durch die schreckliche Höhle.

Hinaus in den Fear-Street-Wald.

Und nach Hause.

Kapitel 27

Eine Woche später konnten Sharon und ich kaum mehr glauben, dass wir die Schattenmonster wirklich besiegt hatten.

Meine Eltern waren so erleichtert, mich wiederzusehen – bis ich ihnen erzählte, was geschehen war.

Sie glaubten mir nicht. Sie sagten, ich hätte mir das Ganze ausgedacht – weil ich vergessen hatte, ihnen eine Nachricht zu hinterlassen. Sharon bestätigte zwar meine Geschichte, doch ihr glaubten Mum und Dad auch nicht

Freitagabend musste ich Joey babysitten. Ich bat Sharon und Bobby, mir dabei Gesellschaft zu leisten.

Wir machten Popcorn, und ich setzte Joey in seinen Laufstall. Dann bat Bobby uns, ihm unser Abenteuer von Anfang bis Ende zu erzählen – noch einmal. Wir hatten es ihm schon mindestens zehnmal ausführlich beschrieben. Doch Sharon war nur allzu bereit.

„Vinny und ich waren also in der Höhle der Monster gefangen“, sagte sie in dramatischem Flüsterton. „Wir hatten nur meinen Fotoapparat und Mr Salvos Blitzgerät dabei. Du hättest uns sehen sollen, Bobby. Wir haben sie zerstört – jedes einzelne von ihnen! Es war gigantisch."

„Jetzt fällt es mir wieder ein", sagte Bobby und nahm eine Hand voll Popcorn aus der Schüssel. Er warf die einzelnen Popkörner in die Luft und fing sie mit dem Mund wieder auf. „Ich habe die Höhle schon mal gesehen. Und die Schattenmonster auch."

„Wirklich?", fragte ich erstaunt.

„Na klar." Bobby lehnte sich zurück. „Sind sie nicht groß und schwarz wie Fledermäuse?"

„Fledermäuse?", wiederholte Sharon und runzelte die Stirn.

Bobby breitete die Arme weit aus. „Riesige Vampir-Fledermäuse. Mit langen unheimlichen Fängen. Am Tag bewegen sie sich als Schatten, aber nachts verwandeln sie sich in Fledermäuse. Habe ich Recht?"

Sharon verdrehte die Augen. „Ja, genau so ist es, Bobby."

Er zuckte mit den Schultern. „Seht ihr? Ich hab euch doch gesagt, dass ich alles über die gruseligen Dinge weiß, die in Shadyside passieren."

Die Kaminuhr im Wohnzimmer schlug neunmal. „Schon neun!" Bobby sprang auf. „Ich muss nach Hause. Mum mag es gar nicht, wenn ich in der Dunkelheit durch die Fear Street gehe."

Bobby verabschiedete sich, und Joey fing an zu quengeln. „Sadden, Binny! Sadden!"

„Keine Schatten mehr", sagte ich entschlossen. „Heute Abend nicht. Nie mehr."

Sharon nickte. „Warum sehen wir uns nicht ein Video an?"

Während Sharon und ich ein Video heraussuchten, hörte ich Joey hinter uns glucksen.

„Iss lustig!", quietschte er. „No-na!"

Sharon und ich drehten uns um – und schraken zusammen.

Direkt über Joeys Laufstall waren ganz deutlich die Umrisse eines Schattens zu sehen.

Die unverkennbaren Umrisse eines Schattenesels.

Zeit für eure Geisterstunde!

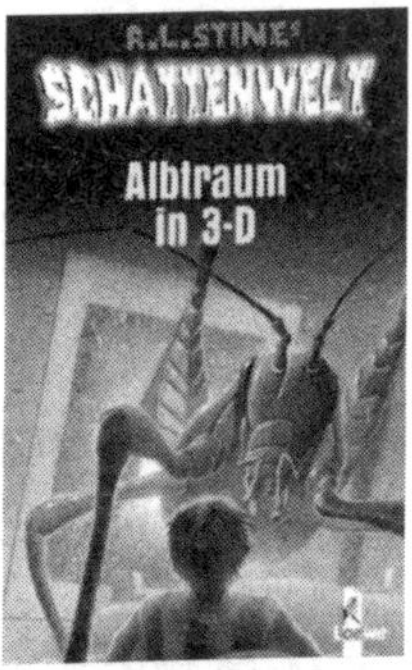

R.L.STINES
SCHATTENWELT
Die Nacht der Verwandlung
Loewe

R.L.STINES
SCHATTENWELT
Schwimm um dein Leben!
Loewe

R.L.STINES
SCHATTENWELT
Spukhaus in der Fear Street
Loewe

R.L.STINES
SCHATTENWELT
Das unheimliche Baumhaus
Loewe

R.L.STINES
SCHATTENWELT
Verhängnisvolle Flaschenpost
Loewe

R.L.STINES
SCHATTENWELT
Das Gruselmuseum
Loewe

R.L.STINES
SCHATTENWELT
Monsteralarm!
Loewe

FEAR STREET
GEISTERSTUNDE
R.L.STINE
Hilfe, Poltergeister!
Ein Schattenwelt-Roman
Loewe

FEAR STREET
GEISTERSTUNDE
R.L.STINE
Mitternacht am Friedhofstor
Ein Schattenwelt-Roman
Loewe

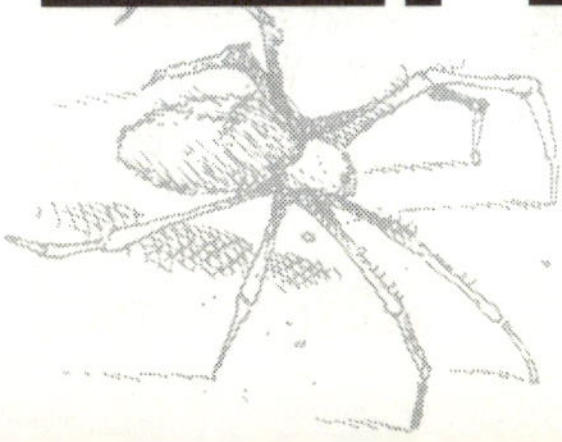

Loewe

Über R. L. Stine

R. L. Stine, der Erfinder der Reihe „Fear Street Geisterstunde“, hat nahezu einhundert gespenstische Geschichten für Kinder und Jugendliche geschrieben. Die Reihe „Fear Street Geisterstunde“ spielt, wie auch die „Fear Street“-Bände, in dem amerikanischen Städtchen Shadyside. Im Mittelpunkt stehen unheimliche Ereignisse, die die Bewohner der Fear Street erleben. Wenn R. L. Stine nicht gerade schreibt, spielt er gern Flipper an seinem eigenen Flipperautomaten oder erforscht New York City zusammen mit seiner Frau Jane und seinem Sohn Matt.